深夜食堂

9

安倍夜郎

NG

菜單

午夜0時

第 114 夜 ◎ 再來半份

春天到了，今天是最後一天做關東煮。真由美依依不捨地吃著牛筋、白蘿蔔和雞蛋。
♪
啪答
我吃飽了。
咦？今天不要追加一份嗎？

我之前不是上了電視嗎？
我有看到！
「人氣插畫家關野真由美的世界」！
播出後好多朋友打電話給我……
真由美，妳胖了。
又變肥了嗎？
真的胖了耶。
圓了一整圈啊！
肥婆！
真是，太傷人了。就算是我也會難受啊。
難道你又想減肥了嗎？
不減啦。我是越減越胖的體質。
也是。

但是我想稍微克制一點……
要是這時候回家就好了……
喀啦
啊，真由美學姊！
這是真由美在美術大學的學妹，少女漫畫家月森螢。旁邊是她先生，他們是在店裡認識的。
怎麼啦？小倆口一起來。
嘿……
他半夜突然想吃咖哩。
咖哩?!
我很想看看這世界上有誰能抵擋咖哩的誘惑的。

滿足了嗎？
嗯，有來真好。
唔～～
老闆，給我咖哩飯一半就好。
！
好。
但我不覺得真由美能忍得住只吃半份。
……
老闆，再來半份。
看吧！

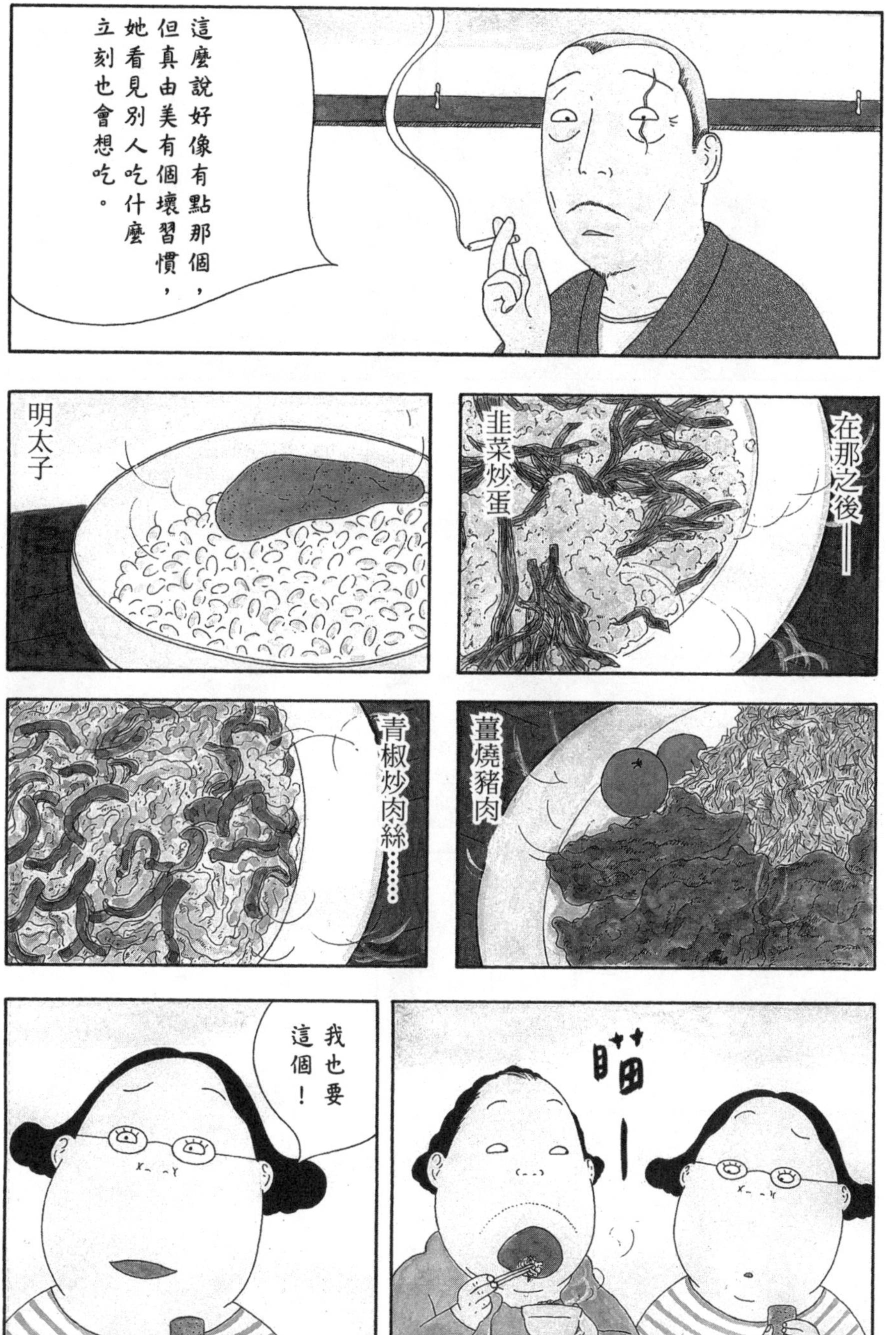
這麼說好像有點那個，但真由美有個壞習慣，她看見別人吃什麼立刻也會想吃。
在那之後──
韭菜炒蛋
明太子
薑燒豬肉
青椒炒肉絲……
瞄──
我也要這個！

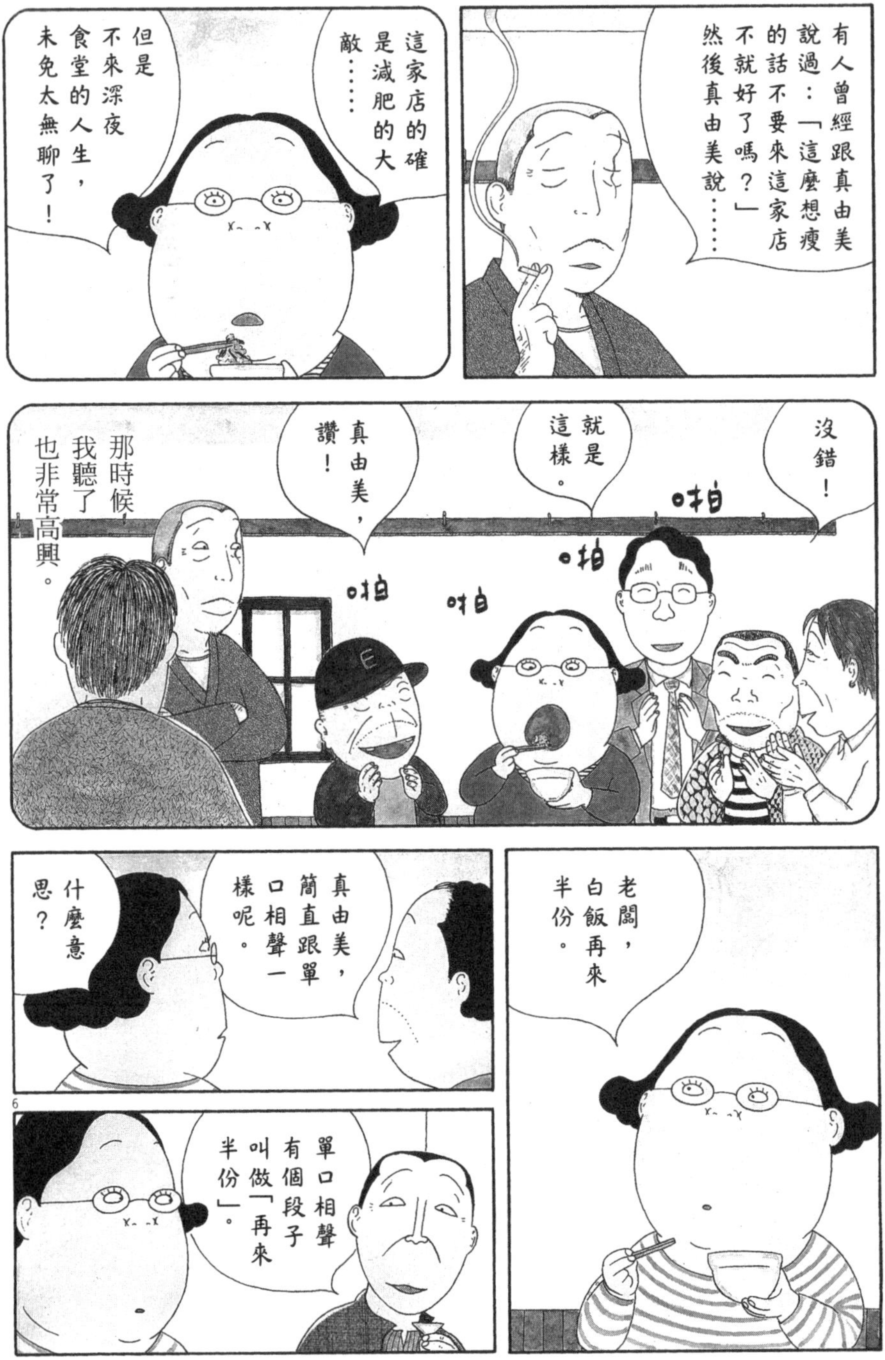

有人曾經跟真由美說過：「這麼想瘦的話不要來這家店不就好了嗎？」然後真由美說……
這家店的確是減肥的大敵……
但是不來深夜食堂的人生，未免太無聊了！
沒錯！
就是這樣。
啪
啪
真由美，讚！
啪
啪
那時候我聽了也非常高興。
老闆，白飯再來半份。
真由美，簡直跟單口相聲一樣呢。
什麼意思？
單口相聲有個段子叫做「再來半份」。

那是講江戶時代，有個老頭把單杯賣的酒要店家分兩次倒在茶杯裡喝的故事。
哎。
那個老頭說，
這樣一次一半，可以喝兩杯，感覺起來比較便宜。嘿嘿。
來，再來半份。
我沒那麼窮酸啦。
我知道。
小姐，真的吃得很香啊！
這個人最近偶爾會來店裡，總是一個人喝酒。感覺不是個普通人。
……啊，謝謝。

我自從把胃切掉三分之二以後，就幾乎不太能吃了。看到小姐妳吃得香，我也覺得飽了。
大叔這麼說我很高興，謝謝你。
如何，我請客，妳想吃什麼？
對不起，難得你請客，但再吃下去就要變胖了……
再吃下去?!
怎樣，
你有意見嗎？
就要變胖?!
喀啦

?!
會長！您怎麼在這裡？
哎……
不會吧?!
……
?!
……
這個人，是阿龍的老大?!

數日後——
上次真是嚇了一跳。
めしや
沒想到是老大呢。
嗯，我有感覺到他不是普通人啦……
喀啦
歡迎光臨。
真是～上次會長氣得要命。說這樣就不能輕鬆地到店裡來了。
不用介意，照樣可以來啊。
對啊，難得才認識的耶。

真由美小姐，謝謝妳。這是老大送的，請妳收下。
謝謝。是什麼啊。
老大不好意思親自遞給妳。
那是一個比普通飯碗稍小的精緻瓷碗。
這樣的大小剛剛好吧。
對啊。
從此這就是真由美的專用碗了。可以毫無顧忌地……
老闆，再來一碗。

第115夜◎青菜炒肉絲
歡迎光臨。
有一週來兩三次的客人，也有四年才來一次，好像奧運一樣的客人。其中有人十幾年才來一次，就算是我也記不得啦。
嗯……青菜炒肉絲，飯少一點。
好。

這附近幾乎都沒什麼變呢……
啊，只有這附近還跟昭和時期一樣。
久等了，青菜炒肉絲。
我開動了。
啊，就是這個味道。
你以前來過嗎？
嗯，大約二十年前……
這樣啊。
大盤青菜炒肉絲！
我要啤酒。

久等了。大盤青菜炒肉絲。
飯不夠跟我說。
吃慢一點，
也留一點給我啊。
要就現在吃。再等一下我會全都吃光。
真討厭。
呵呵……

我吃飽了。
啊～吃得好飽。
嘿嘿。
老闆，買單。
兩人離開後——
年輕真好。
是啊。半夜肚子餓了，男的就騎機車飆過來吃。
哎。
他還是學生，都是女朋友付錢。她叫多惠，在當護士。
護士啊……

多惠，出發囉。
嗯。
……
……
從那之後，兩個人就忽然不來了。他（拓海）一個人出現的那天，是在三個半月之後。
HOTEL
今天女朋友沒來嗎？

啊，對。
老闆，我吃飽了。
我大概會有好一陣子不能來了。
要去哪裡嗎？
我要去九州的醫大研究所。
這樣啊，保重。
拓海走後，植田先生喃喃自語說，
可能跟女朋友分手了吧……
嗯……

大概一個月之後——
BAR
旅人
DABADA
你好。
喲，理惠，好久不見。
老樣子！
青菜炒肉絲和啤酒吧。
嗯。
理惠是二十年的常客，目前是某家醫院的護士長。
這麼說來多惠第一次來店裡，是理惠介紹來的。
啊，真好喝。
青菜炒肉絲，久等了。

多惠跟他分手以後，一直很消沉。
果然分手了啊……
是他逃走了。……男人都這樣。
喀啦
你好。

阿伸?!
理惠…
啊?!
那時我才終於想起來。
大約二十年前，店裡有兩個年輕人，常常一起分著吃青菜炒肉絲。
回來啦。
嗯，去年年底。
植田先生跟理惠分手後，去了美國留學。然後就留在當地大學，這次是日本的大學醫院請他回來的。
我一直想道歉。
道什麼歉？以前的事情我都忘啦。

跟阿伸分手以後，我什麼都不在乎了。半年後馬上嫁人……那傢伙真夠壞的。
……
我立刻懷了他的孩子，但一年半以後還是分手。在那之後就一直跟女兒相依為命。
這樣啊……
我現在還是單身。
最近我常想，還是當時最幸福……
……現在說這種話或許沒用了，妳願不願意再跟以前一樣……
咦?!
理惠！
……謝謝你，我很高興。

你希望我這樣說嗎？
?!
喂，知道了。嗯，現在就去。
對不起，我現在有交往的人。
老闆，結帳。
理惠離開後——
果然沒辦法跟連續劇一樣……
植田先生，要不要來一份青菜炒肉絲？
……不，今晚不用了。

第 116 夜 ◎ 醃白菜

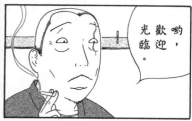

你可能以為店裡的客人都是老頭子，但獨自來的女性客人可不少呢。
BAR
ノミヤ
カード
呼噹
晚安。
喲，歡迎光臨。
月子小姐是劇本創作家，她說她想一個人喝酒的時候，就會來店裡。
謝謝。

月子小姐非常喜歡店裡的醃白菜。
怎麼樣？
超讚！老闆，再一壺酒。
好。
老闆，上次我不是帶了一點醃白菜回去嗎？
嗯。
我在回家路上，送給計程車司機了。
那天晚上我搭的計程車，司機在聽深夜廣播。

我的學生時代鄉下阿嬤會送醃白菜來，好吃得要命。一邊喝粗茶配著吃，真是太棒了。
好像老頭喔～～！
……最近都沒吃到好吃的醃菜啊！
司機先生喜歡吃醃菜嗎？
嗯，老媽的醃白菜可好吃了。
用日本東北方言說，聽起來更可口了。
哈哈哈，我明白。
所以我就送給了那位司機先生。還順便宣傳一下食堂，下次他搞不好會來。

喀啦
大家好。
啊，小壽壽桑好久不見。
唉呀，小月，小梅魯好嗎？
很好啊，非常好。
這樣啊！
小梅魯是小壽壽桑的愛貓梅魯魯生的小公貓。
現在月子小姐在養。
小壽壽桑，我跟你說啊，小梅魯超級會吃醋的。
咦？
我跟男人見面後回家，牠就不肯接近我。我要哄牠，牠就抓我呢。你看。

唉喲，這樣啊。
所以我只好等味道消失之後才回家。
看起來今天是要讓男人的味道消散，才到這裡來打發時間的吧?!
哎……
啊～有男人的味道。
聞
聞
討厭啦，小壽壽桑。
看來好像是說中啦。
大明星超級製作人
暢銷劇作家遍歷婚外情
寫出一部部受歡迎的劇本（38歲）

媒體真是討厭啊！只把小月寫成壞人，窮追猛打。
小月打電話來哭訴呢。說媒體無中生有，給別人添了麻煩。
……
月子小姐沒問題吧？
她好像帶著小梅魯躲到別處去了。
咚
喀啦
?!
請給我酒和醃白菜。

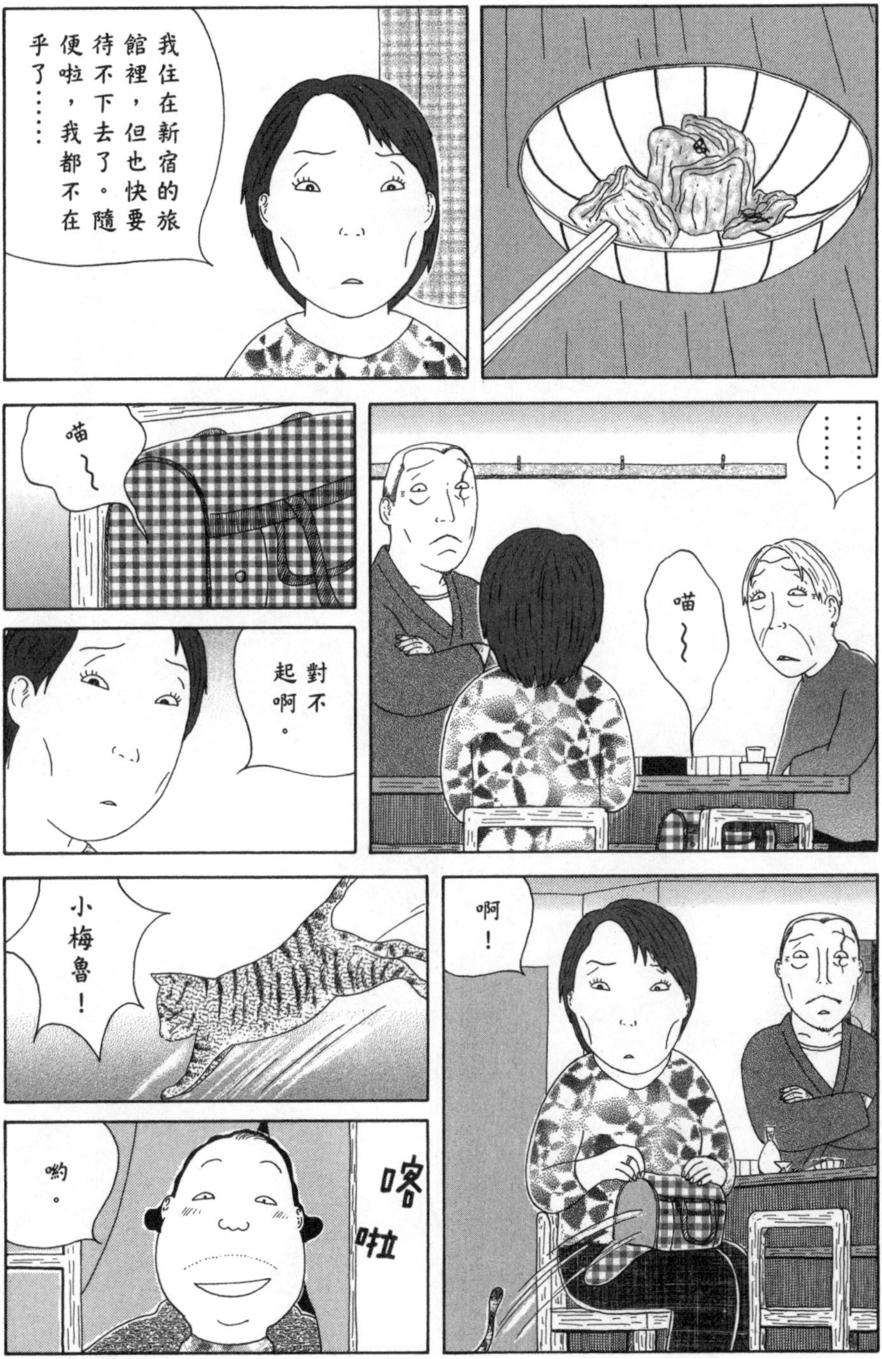
我住在新宿的旅館裡，但也快要待不下去了。隨便啦，我都不在乎了……
……
喵～
喵～
對不起啊。
啊！
小梅魯！
喀啦
喲。

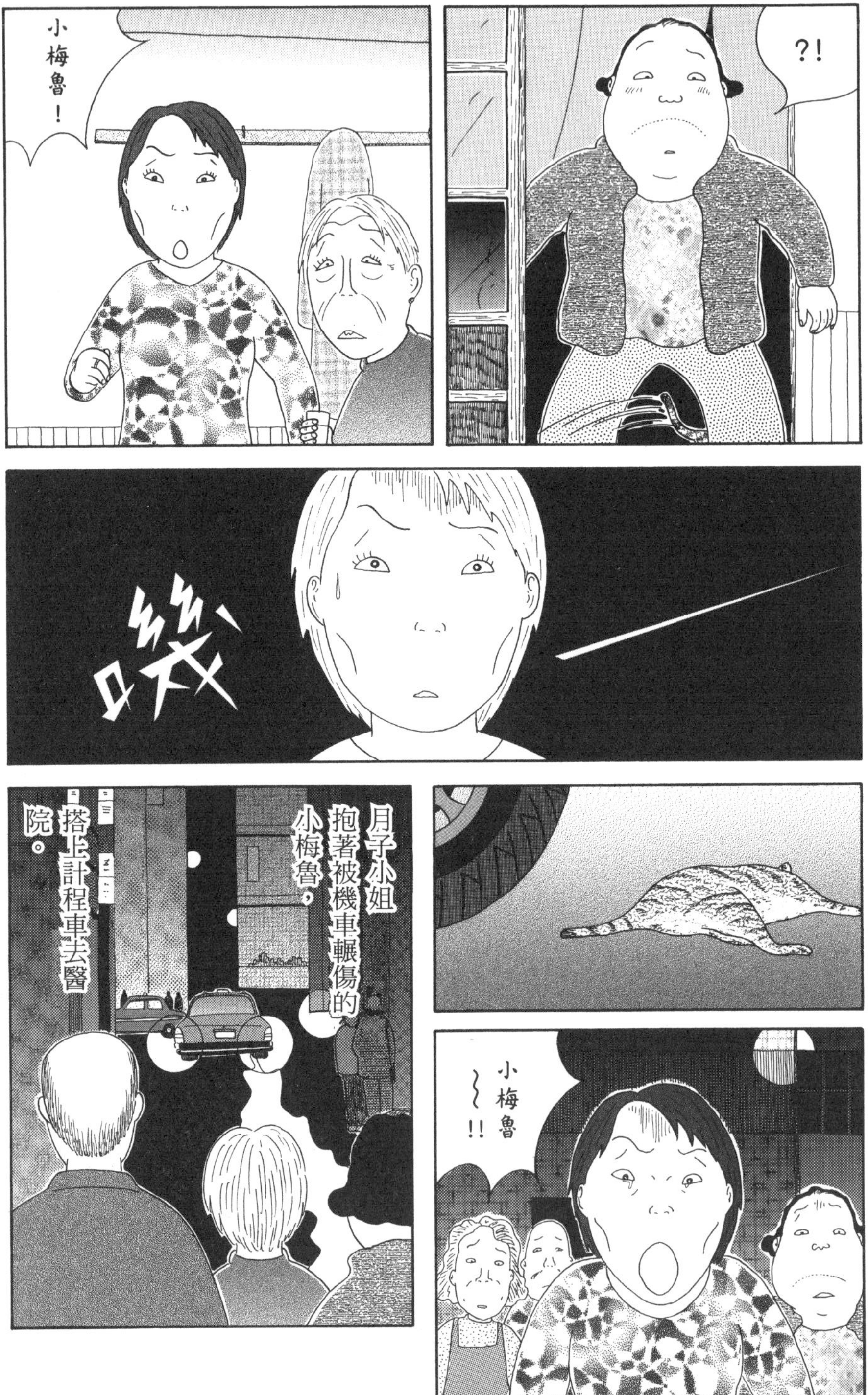
?!
小梅魯！
小梅魯～～!!
月子小姐抱著被機車輾傷的小梅魯，搭上計程車去醫院。

小梅魯，小梅魯……
……
動物醫院
?!
情況如何？
沒有生命危險了。
……您一直在等我嗎？

太好了。上車吧，我送妳。算是醃白菜的回禮。
?!
您是那時候的……
……妳其實是個好人啊！
不會做那些壞事的。
啊，對了，醃白菜很好吃。
太好了。……司機先生，謝謝你……
在那之後發生了許多事，一年後月子小姐重出江湖。

復出的第二彈
司機先生，這邊
導演 松岡兆司 劇本 前岡月子
主演 風見倫子 小森只男
電影好像評價很好呢。
嘻嘻，託福了。
老闆，今天我有約會！
哎?! 妳還沒學乖啊。
不是那樣的。
大家好。
喀啦
老闆，大份醃白菜。
好。

深夜食堂

シンヤ ショクドウ

第117夜◎炸丁香魚

高知縣西邊有個叫做宿毛的地方。我有個老朋友在那裡當漁夫。盛產丁香魚的時候他會送好多來。這銀色小魚是在近海捕獲，跟「公魚」很像。
可以生吃、鹽烤、做天婦羅等等，我最喜歡用炸的。
丁香魚不用去內臟，只要裹一點麵包粉油炸就可以了。

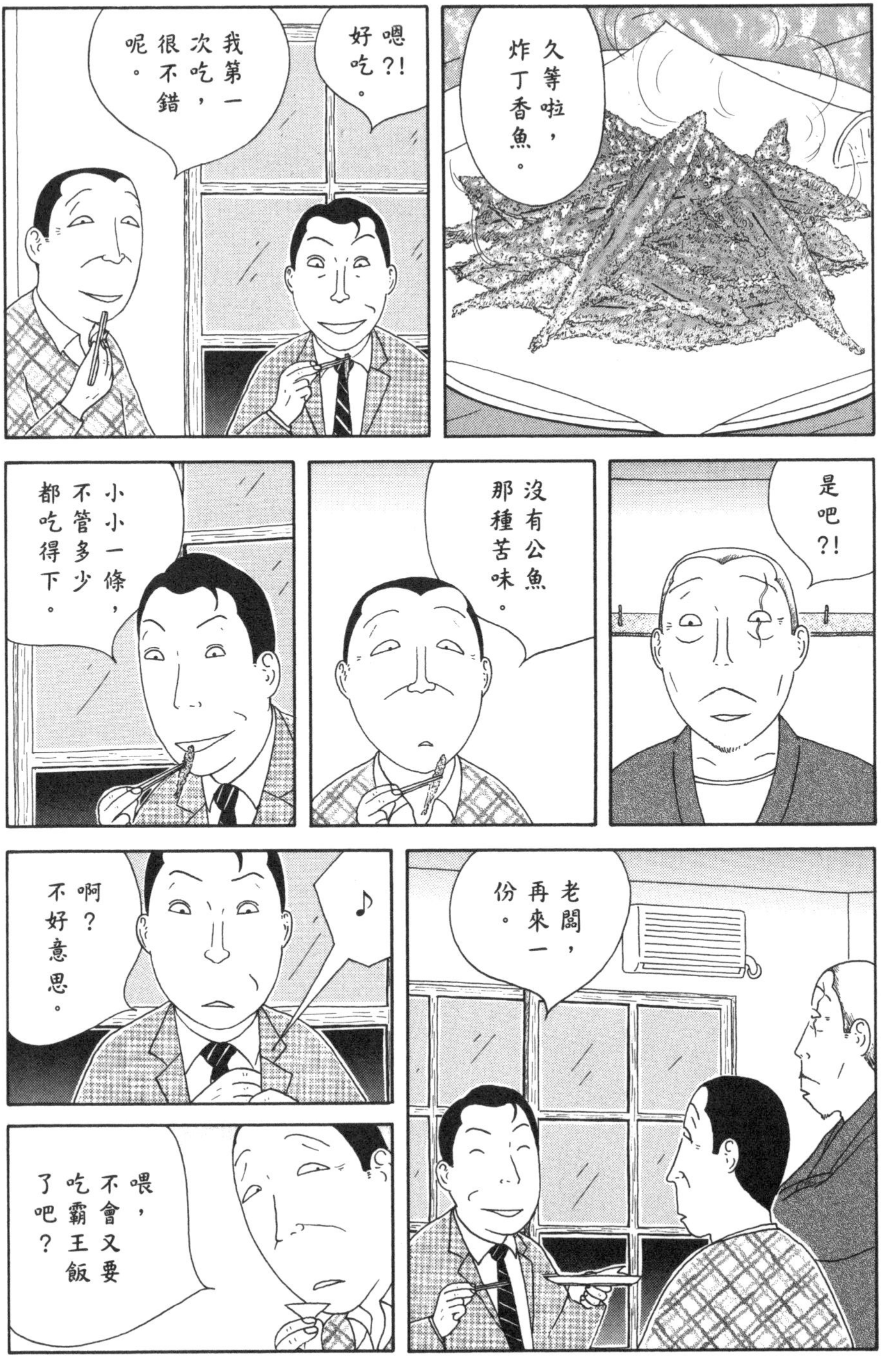

久等啦，炸丁香魚。
嗯?!好吃。
我第一次吃，很不錯呢。
是吧?!
沒有公魚那種苦味。
小小一條，不管多少都吃得下。
老闆，再來一份。
♪
啊？不好意思。
喂，不會又要吃霸王飯了吧？

不會啦。我有在改了。
啊，喂……
嘿嘿。
不愧是游得很快的丁香魚評價很好，我都推薦給來店裡的客人……
沙
沙
在鹿兒島丁香魚是吃生的，但炸的也不錯呢。
老闆，怎麼有這個？

我朋友在土佐[1]打魚……
喀啦
打攪了。
嘿，被認出來啦。我娶了年輕老婆，帶她來炫耀的啦！
初次見面，我是昌美。
?!
你是阿山吧？幹嘛裝成這樣。
送丁香魚來的就是這傢伙。
感謝捧場！我是阿山!!

1. 高知縣的古名。

把美乃滋跟蕃茄醬混在一起沾著吃也很讚喔！
這也不錯。
嗯。
小姐們，丁香魚怎麼樣啊？
非常好吃。
真的。
感謝招待。
還想吃更多好吃的東西的話，就到宿毛來吧！
東西好吃，單身男人也很多。
嗯，很多。
！
！
！
宿毛在哪裡啊？

四國的西南方。從東京搭火車要不了九小時就到了。
愛媛
高知
四萬十川
宿毛
足摺岬
九小時？
好遠！
哪會，可以搭飛機，轉乘順的話只要四個半小時。很近啦。
比上海還遠啊！
嗯。
不過，是個好地方喔！
笑ー
喔……這樣啊……
對了，阿山，你回老家了嗎？

……我打算明天回去，不知道他們肯不肯見我。我幾乎是被斷絕關係的。
……
沒問題，一定肯見你的。
阿山其實是東京武家後裔的少爺，年輕的時候在外面混，給家裡惹了不少麻煩，後來流浪到四國……
次日——
めしや
阿山呢？
醉了，在飯店睡覺。
母親大人和哥哥都原諒他了，他樂得猛喝酒呢。
哎……
……但是沒想到他的老家竟然是那麼氣派的家族。

母親大人、純一大哥、謙二二哥、長久以來都讓你們擔心了。
這是我的妻子昌美。
我是昌美，請多多指教。

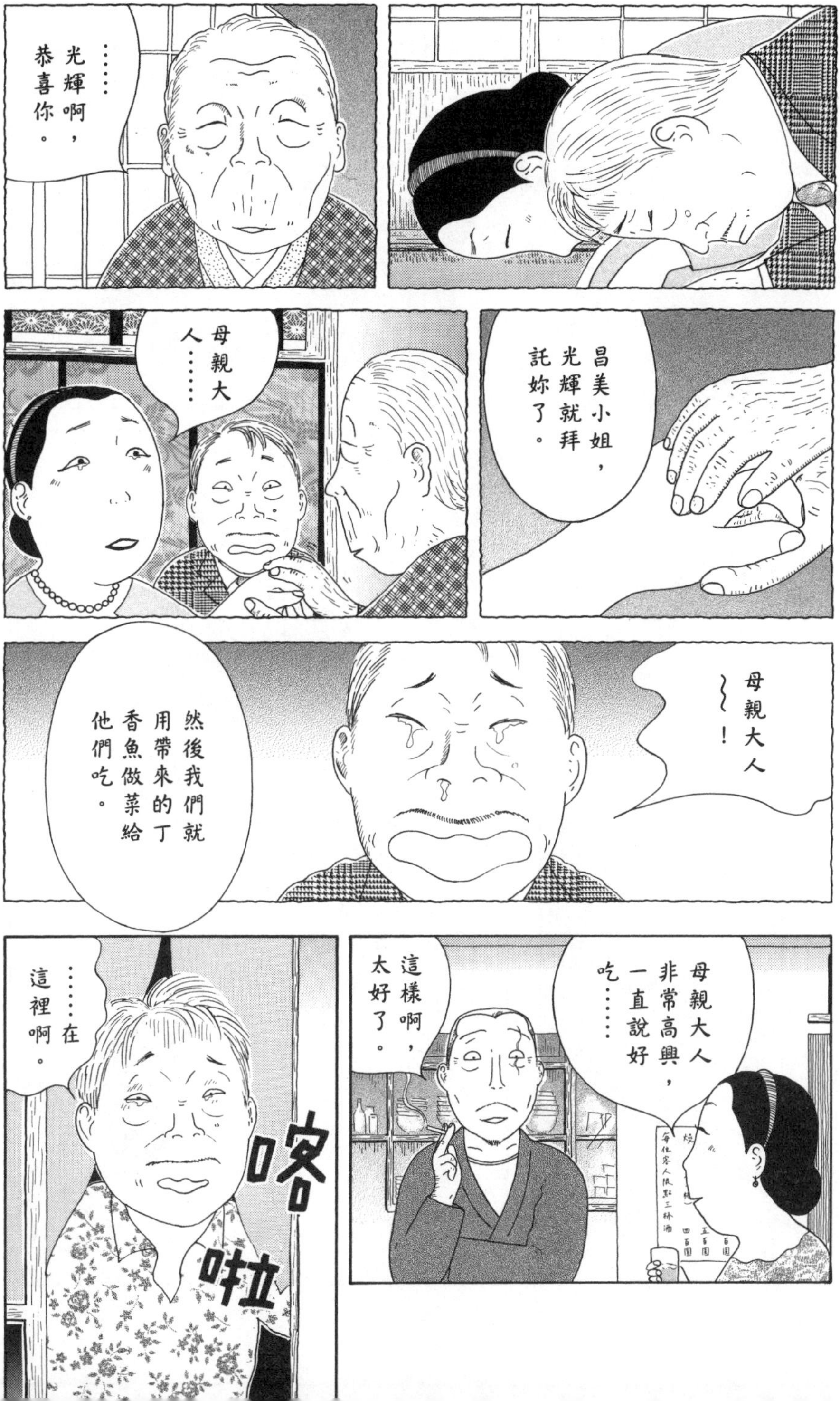
……光輝啊，恭喜你。
昌美小姐，光輝就拜託妳了。
母親大人……
母親大人～！
然後我們就用帶來的丁香魚做菜給他們吃。
母親大人非常高興，一直說好吃……
這樣啊，太好了。
……在這裡啊。
喀
啦

我醒來沒看見妳，以為妳不要我了～
笨蛋，哪有可能。
哈哈哈。
阿山，我聽昌美說了，太好了。
謝謝。終於能讓老媽安心了。
唉喲，是母親大人吧，光輝！
喂，別這樣啦。
嘿嘿。
阿山一回到宿毛，就又送了好多丁香魚來。今天就準備炸的與生吃的吧！

第118夜◎洋蔥絲

外表看起來很豪爽其實是膽小鬼的人還不少。雄大先生就是典型。
洋蔥絲，久等啦。
怎麼啦，雄大先生竟然吃洋蔥絲，真不像你。

我去做健康檢查，血液濃度過高。血壓和膽固醇也很高……
想也是，你吃完烤肉還去吃牛肉飯和拉麵啊。
所以我現在吃洋蔥絲，可降低血脂肪。
那就快開始喝青草汁和天然玻尿酸飲料了吧？
已經在喝啦。我還加入了健身房。
真討厭，突然健康起來了。
血液清爽健康第一！要是不健康的話，就沒法跟年輕正妹交往啦！
喀啦

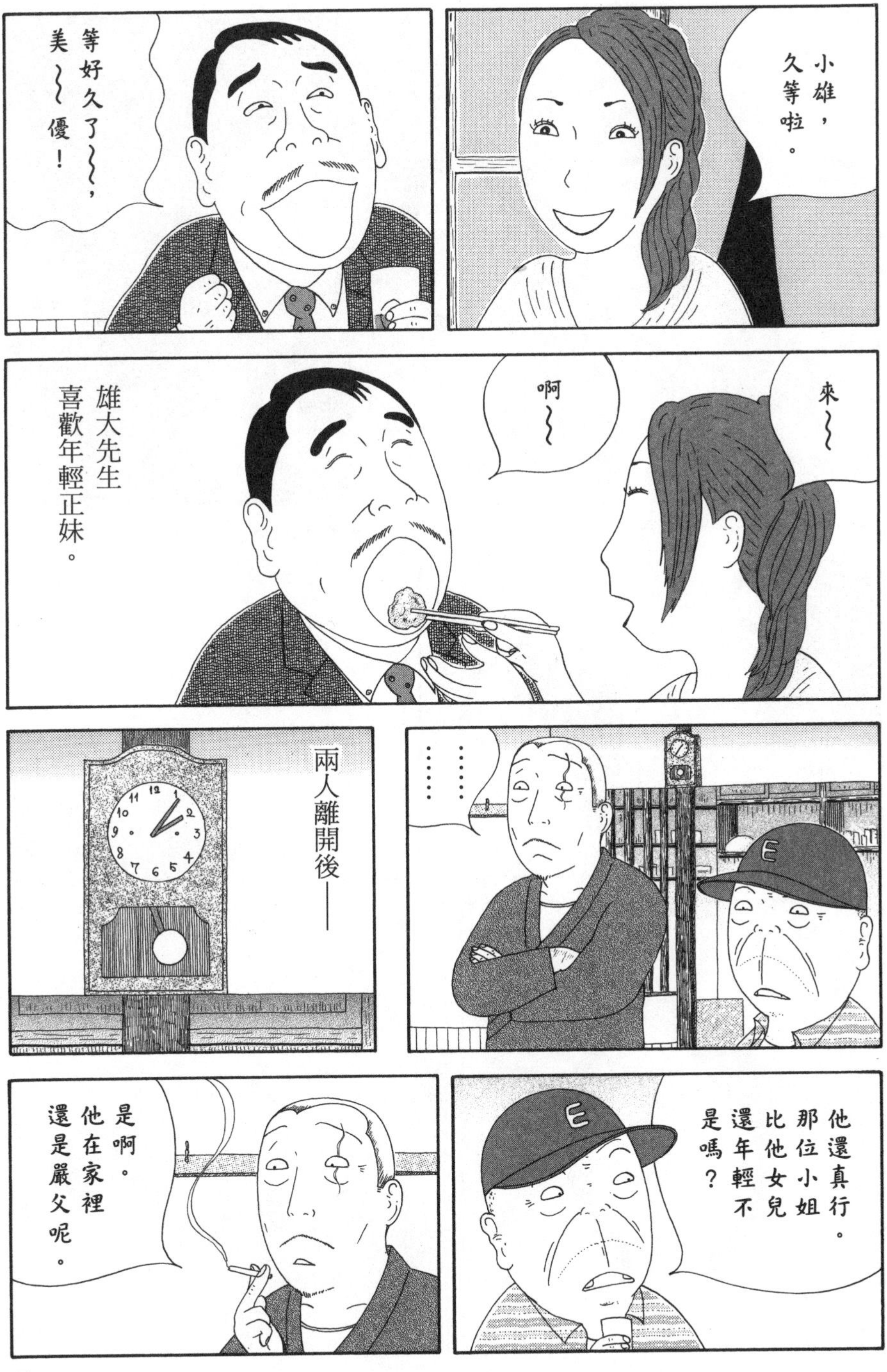

小雄，久等啦。
等好久了～～，美～～優！
來～～
啊～～
雄大先生喜歡年輕正妹。
……
……
兩人離開後——
他還真行。那位小姐比他女兒還年輕不是嗎？
是啊。他在家裡還是嚴父呢。

六月中的時候——
SNACK
THE END
BAR
大家好。
歡迎光臨。
老闆，這是我女兒君枝。
哎……
啊……
我是君枝。我爸爸一直都受你們照顧了。
這就叫做「歹竹出好筍」吧？

這條是君枝父親節時送我的。今天她還要請客呢。
太好了，真是個好女兒。
雄大先生長得這麼粗獷，女兒怎麼這麼可愛啊。
要你管！
爸爸，來。
雄大先生好像很高興。
但後來女兒一句話就把他擊沉了。

爸爸，下次我想讓你見一個人。
咦？
……我現在有一個交往的對象……
什麼?!
怎、怎樣的人？
不要生氣喔。我星期天會帶他回家，正式介紹。
幹嘛啊，這麼突然。
雄大先生真可憐，他的表情像是一瞬間從天堂掉到了地獄。

一星期後——
啊……
……君枝的男朋友，年紀比我還大。
哎～～?!
而且……
君枝好像已經懷了他的孩子了……
那個混蛋…
你太太怎麼說？

我老婆？……我老婆早就知道了。這次的事情全都是她一手安排的。
喀
啦
啊，小雄在耶。
美優……
果然在。
啊！
岳父大人好。

雄大先生女兒的男朋友，竟是美優的舅舅。
……
好久沒跟我外甥女聊天了，她說她跟岳父大人很熟……
哎、呃、啊～

嘿嘿……
這麼一來雄大先生也束手無策了。
啊，大島先生，多吃一點。這家店只要點菜，什麼都可以做。
不了，我最近膽固醇數值很高，血液濃度也是……
喔，這樣不好喔。得改變飲食習慣才行。
老闆，快給大島先生洋蔥絲。
雄大先生圓滑地轉移話題。
好。
不過，說起來這兩人還挺像的……
來，請喝。

第119夜◎骰子牛排
拉拉小姐是銀座的酒家女，她來店裡總是在很多客人點檯的時候，或是打小鋼珠贏了的時候，總之是心情非常好的時候。
Blue
SAIHATE
タコ焼き
マーガレット
PAB
PANCH
スナック
るる
BAR
喀啦
老闆，牛排！
好。
店裡竟然有牛排，很意外嗎？一天只有一客的限定骰子牛排。
沙ー

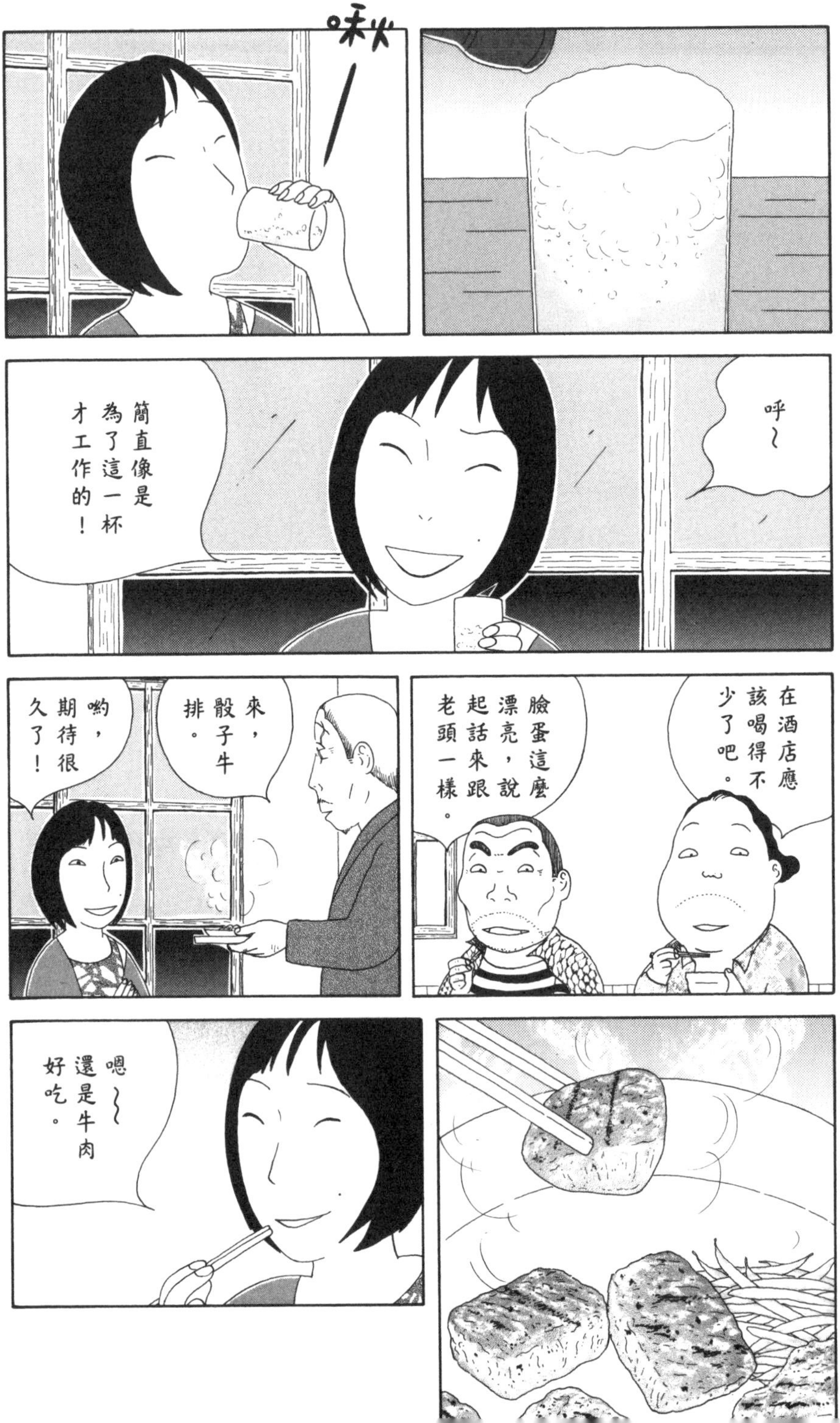
咻
呼~
簡直像是為了這一杯才工作的！
在酒店應該喝得不少了吧。
臉蛋這麼漂亮，說起話來跟老頭一樣。
來，骰子牛排。
喲，期待很久了！
嗯~還是牛肉好吃。

今天心情很好啊。很多客人指名妳嗎？
嘿嘿，
這就叫做供需失調前的恐慌消費吧？據說這個月有很多酒店要關門，大家就都來了。
結束營業大拍賣人總是很多呢。
日本人對期間限定最沒抵抗力了。
沒錯沒錯。
而且今天又有人跟我求婚了。
又有啦。第幾個啦？
第六個。
3
六個人！
什麼啊?!
真搶手。要不要讓幾個出來？
對啊！

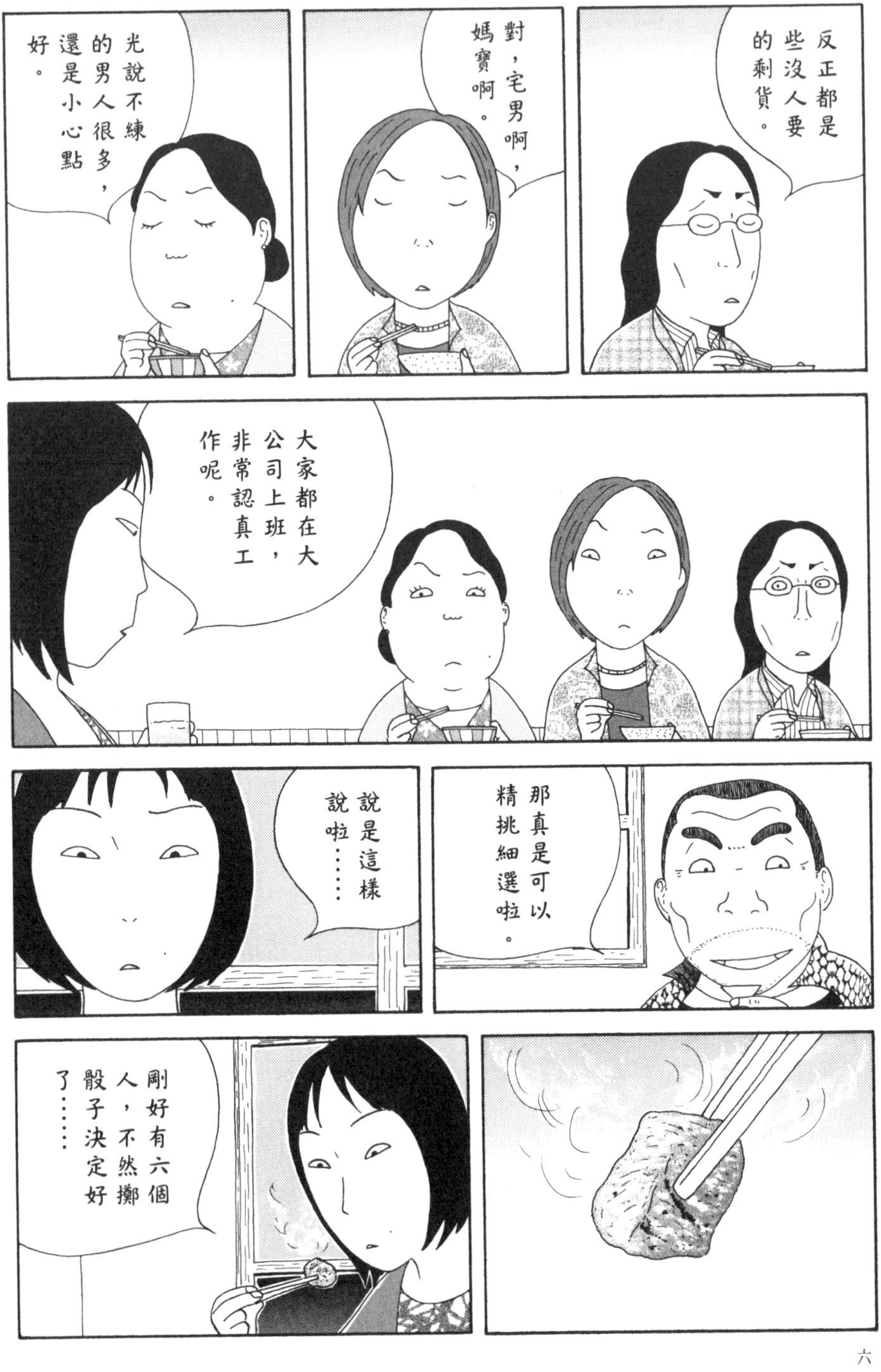

反正都是些沒人要的剩貨。
對，宅男啊，媽寶啊。
光說不練的男人很多，還是小心點好。
大家都在大公司上班，非常認真工作呢。
那真是可以精挑細選啦。
說是這樣說啦……
剛好有六個人，不然擲骰子決定好了……

……像這樣，嘻嘻。
隨妳便。
……
店內瀰漫著一股前所未有的騰騰殺氣……
一星期後——
めしや
我打算跑馬拉松來決定和誰交往了。
……馬拉松……？

繞著皇居跑三圈，跟得上拉拉的人就可以跟她交往。拉拉從學生時代就是長跑選手，現在也常常繞著皇居跑步。
大家都同意嗎？
嗯，有人開始特訓了。
嘿嘿，真有趣。
……拉拉沒有喜歡的人嗎？
……有是有，但對方有太太，沒辦法。
……
哎?!

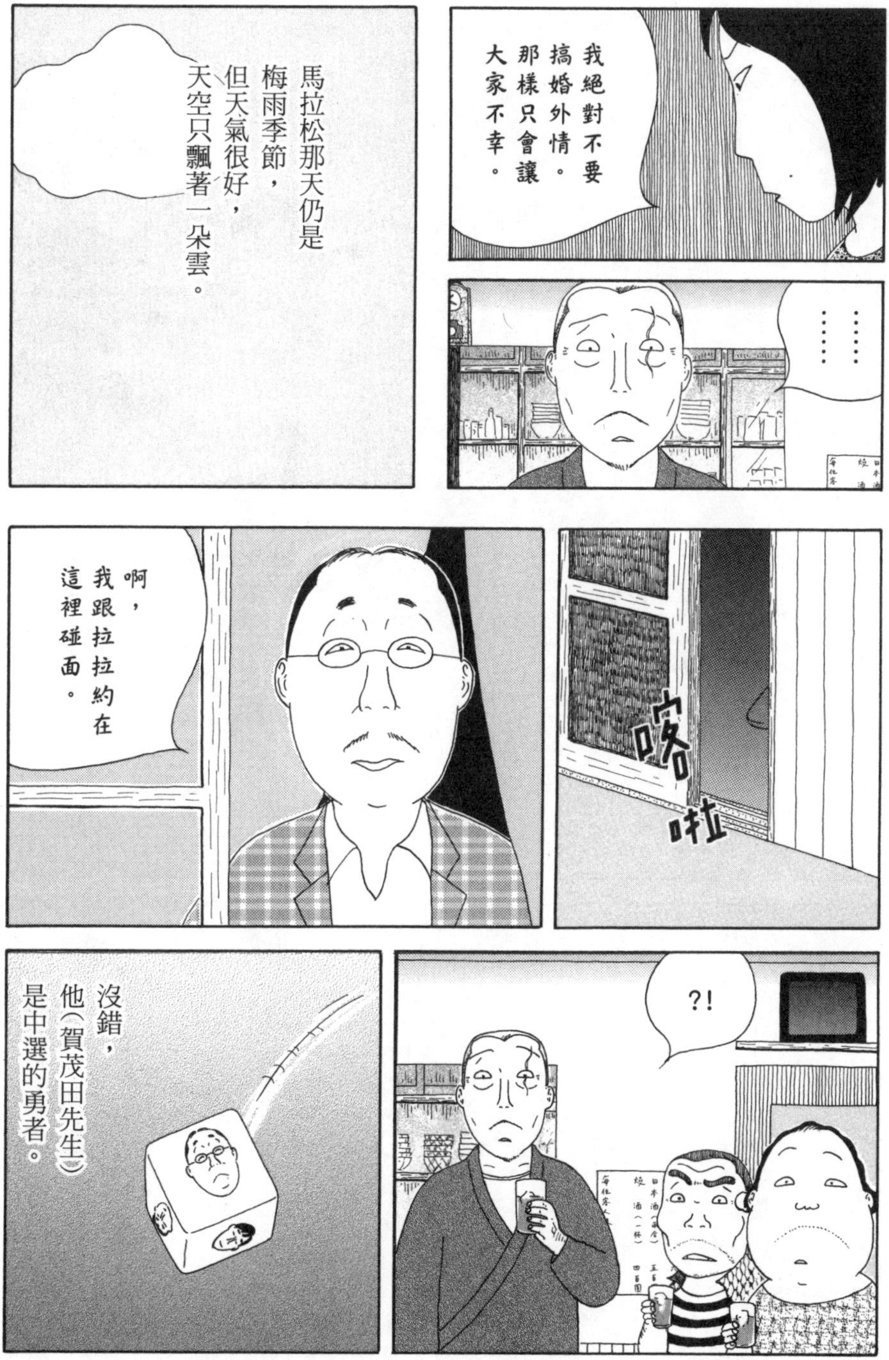
我絕對不要搞婚外情。那樣只會讓大家不幸。
……
……
馬拉松那天仍是梅雨季節，但天氣很好，天空只飄著一朵雲。
喀
啦
啊，我跟拉拉約在這裡碰面。
?!
沒錯，他（賀茂田先生）是中選的勇者。

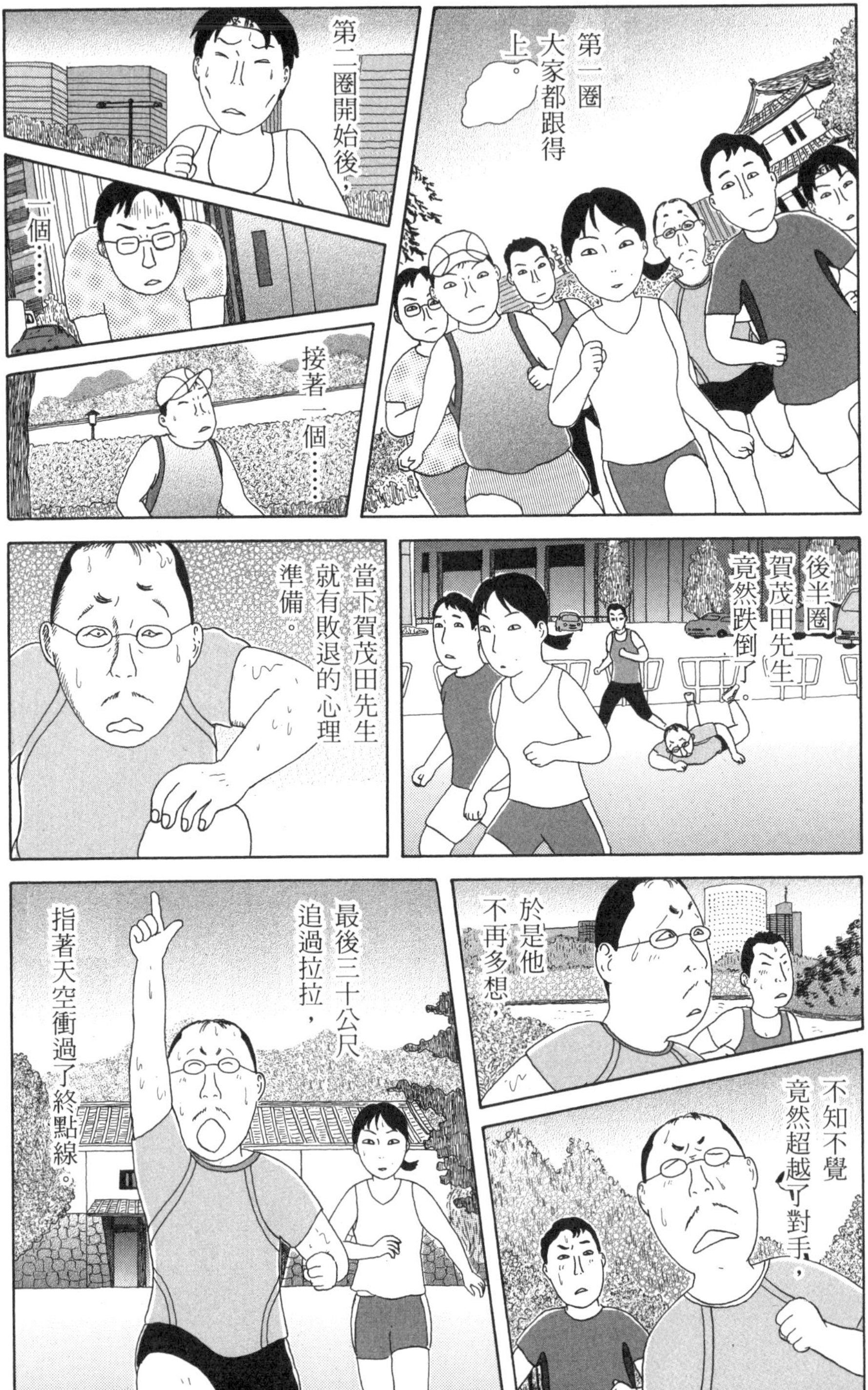
第一圈
大家都跟得上。
第二圈開始後，
一個……
接著一個……
後半圈
賀茂田先生
竟然跌倒了。
當下賀茂田先生
就有敗退的心理
準備。
於是他
不再多想，
不知不覺
竟然超越了對手，
最後三十公尺
追過拉拉，
指著天空衝過了終點線。

人真是不可貌相啊！
真的。
沒錯……
你們太失禮了，賀茂田先生好厲害！
歡迎光臨。
老闆，給賀茂田先生骰子牛排！
賀茂田先生，恭喜你！
啪
啪
啪
喲，絕配喔！
現在想起來，那是賀茂田先生最幸福的時候。

十天後——
賀茂田先生怎麼啦?!
拉拉離開了。
拉拉好像追隨著離婚的酒店店長回新潟老家了。她留了一封信給賀茂田先生。
但他當時有太太，我沒辦法。……
……
……
拉拉也太讓人傷心啦……
沒關係。我只要拉拉幸福就好……
賀茂田先生，不要事後反悔就好……

第 120 夜 ◎ 青椒鑲肉

老闆，給我那個，那個。
八年沒見，突然就進來的千吉先生捲著舌頭點菜。阿千捲著舌頭說話時，通常表示他已經爛醉了。
那個是哪個啊？你八年沒來，嚷嚷那個那個我可不知道。
唉喲，那個，綠色的那個啊，混蛋！
綠色的那個？
抖
我是不好說別人啦，但年紀大了，「那個」就變多啦。

就那個啦……對了，青椒。
啊，青椒鑲肉是吧？
對，你不是知道嗎？
來，久等了。
這個是以前我教阿千做的菜。
……是有這麼回事。
大家好。
喀啦
歡迎光臨。
小壽壽桑，有稀客喔。

唉呀，這不是阿千嘛！
小壽壽桑，你還活著啊，真是老不死。
討厭，嘴巴這麼壞。
喲，阿千，什麼時候回來的？
阿忠啊，還是一張一無可取的狸貓臉。
一無可取的狸貓臉，礙到你了喔！
阿千跟太太分手之後，就一直在關西，好像最近才回東京來。阿千是一位現代詩人，但那沒辦法餬口，所以現在在學校教書。

阿千的前妻，那位經濟分析家，最近可紅了。成天都上電視、雜誌什麼的。
……
……
你是說川又和子嗎？
對，阿千是川又和子的前夫。
哎～～太厲害了！
王八蛋！有什麼厲害的！
對，對不起……
老闆，算帳。

詩人
早田大学講師
鈴木 千吉
〒167-×××× 東京都
Mobile:090-
E-mail:senk
12-301
阿千在大學教書啊。
唔。
小壽壽桑，你知道阿千為什麼離婚嗎？
……是男人的自尊吧。
太太越來越忙，賺不了什麼錢的阿千簡直成了家庭主夫。
他應該是無法忍受吧。看也知道他是非常高傲的人。
哎～～

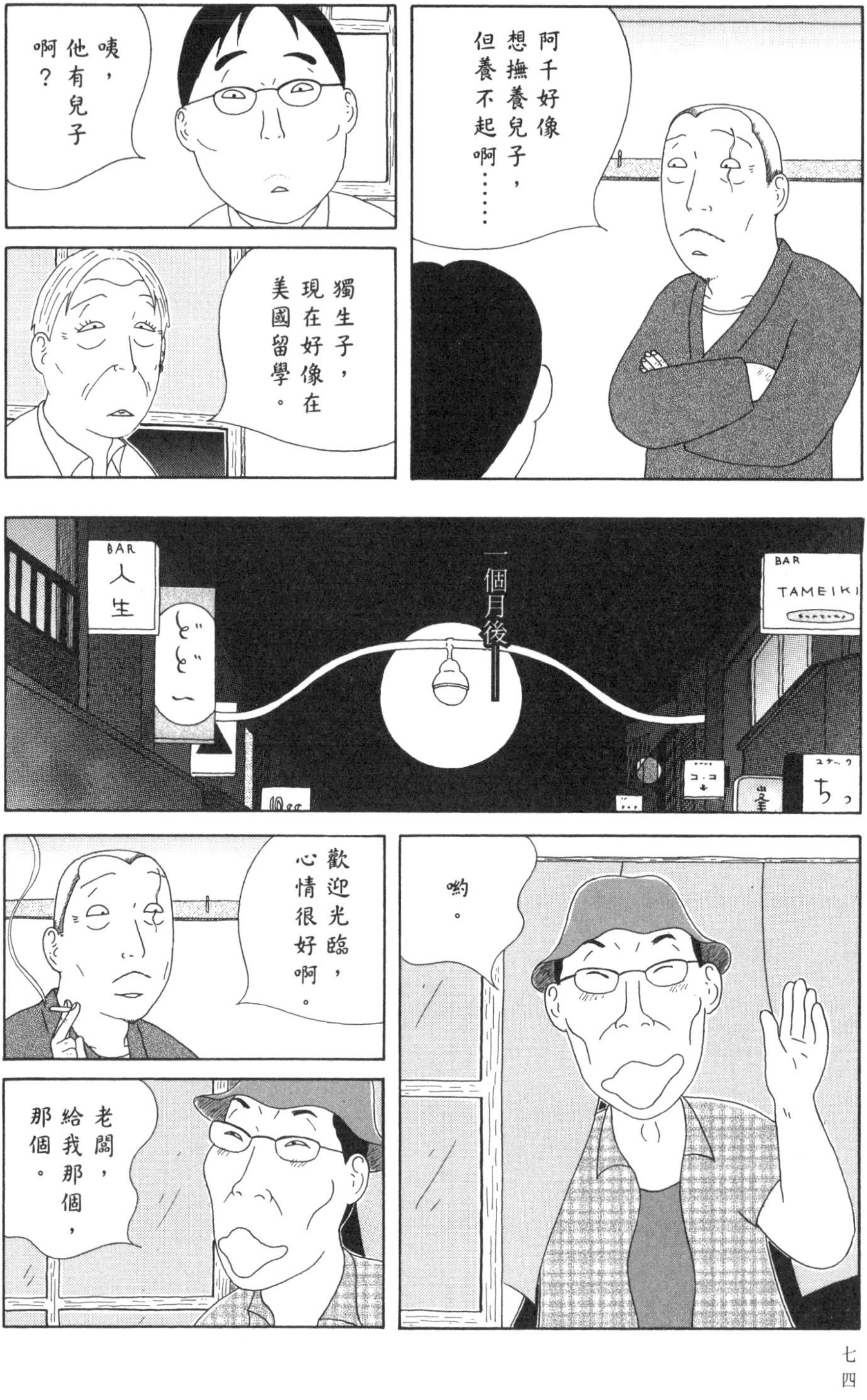
阿千好像想撫養兒子，但養不起啊……
咦，他有兒子啊？
獨生子，現在好像在美國留學。
BAR
人生
どど～
一個月後
BAR
TAMEIKI
ココ
ちっ
喲。
歡迎光臨，心情很好啊。
老闆，給我那個，那個。

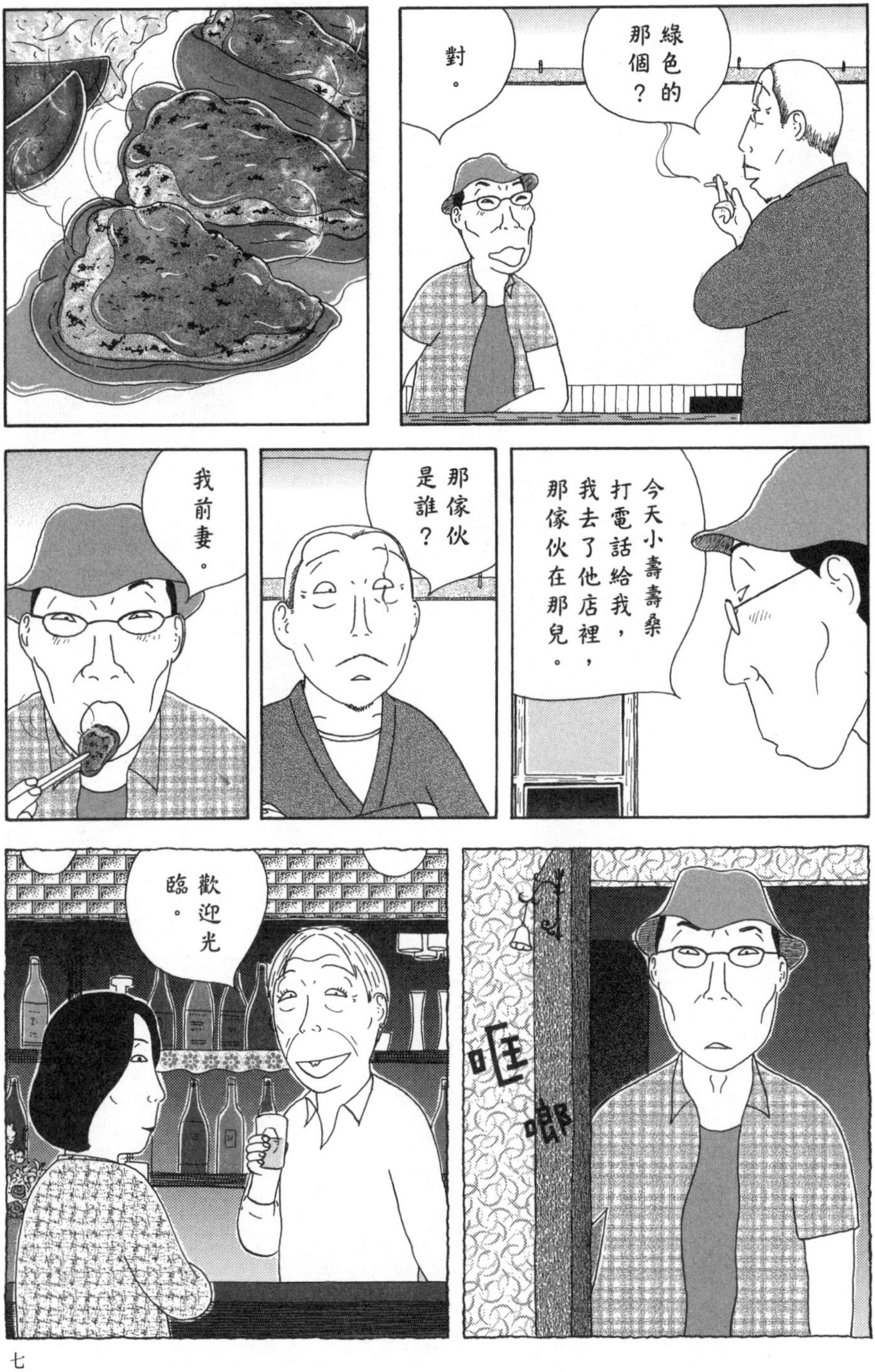
綠色的那個？
對。
今天小壽壽桑打電話給我，我去了他店裡，那傢伙在那兒。
那傢伙是誰？
我前妻。
哐啷
歡迎光臨。

！
好久不見。你還好嗎……？
等一等！我有事要拜託你。
吉和現在回國了。
我兒子從美國回來以後，我前妻問他：「想吃什麼啊？」他說想吃我做的青椒鑲肉。
所以她要拜託我做。嘿嘿。
哎～
但是我已經多少年沒做過了，實在沒自信，老闆幫我做吧。

說什麼啊，阿千自己做給他。
我不行啦，我可以來幫忙，在這裡做給他吃吧。
拜託。
……真是沒辦法……
第二天，凌晨一點他兒子到了……
等了好久阿千卻沒來。
阿千在幹什麼啊！
沒辦法，我來做吧。
哎……?!

來，久等了。
我開動了。
?!
味道一樣吧？這是我教阿千做的。他跟我說他兒子討厭青椒。
……原來如此。
多虧了這個我後來非常喜歡青椒。
在那時候，阿千正在警察局大鬧。
放我出去～～!!
我兒子在等我啊～～!!
想到要見兒子就膽怯的阿千打算喝一杯壯膽，沒想到喝多了，在歌舞伎町跟人打架，傷得滿重的。真是笨蛋啊！

凌晨1時

第121夜◎通心麵沙拉
大家好。
由里小姐來的時候，我都跟店裡的客人這麼說：
要吃通心麵沙拉的話，現在就快點說喔。
那我要一份。
所有的通心麵沙拉都給我吧。

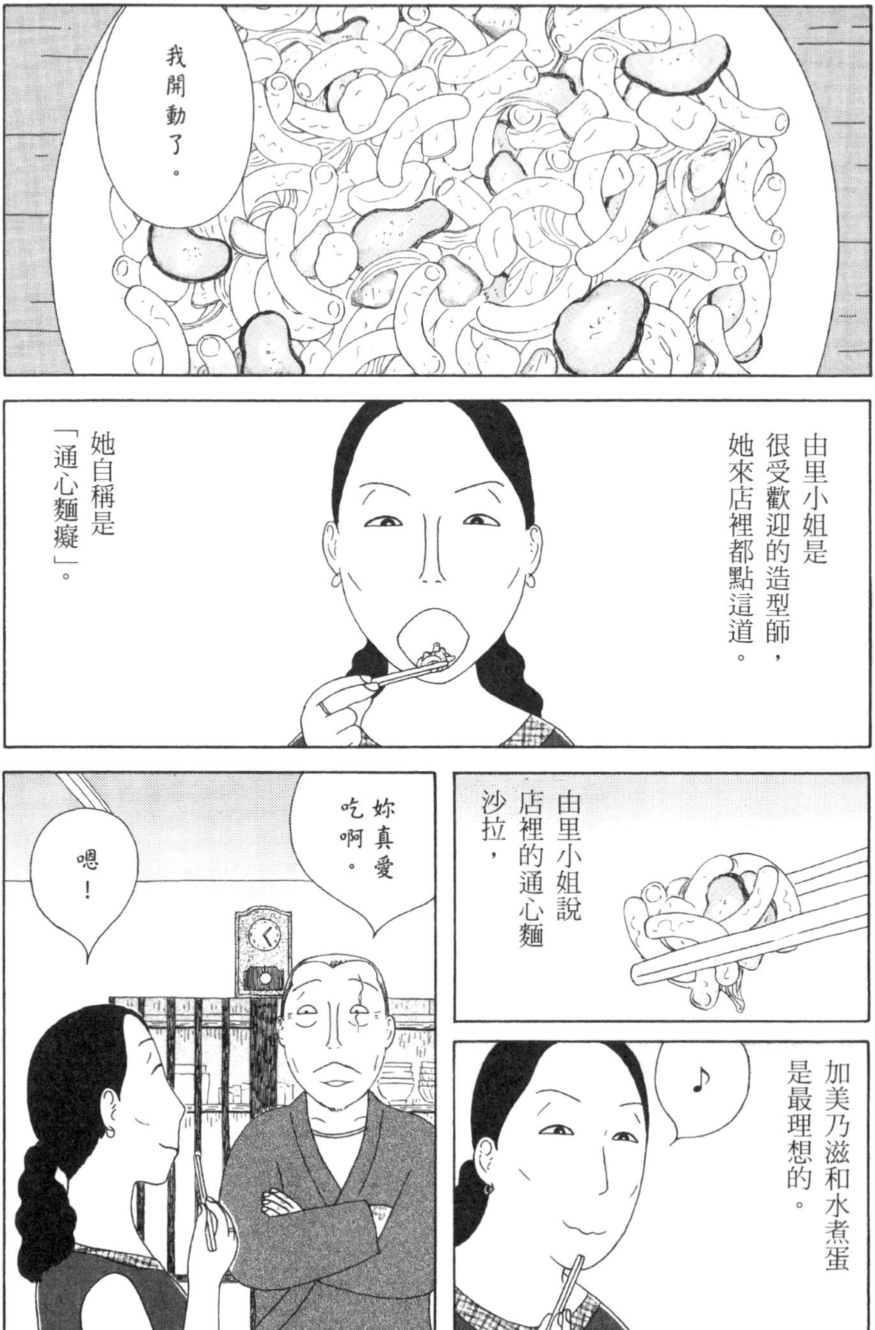
我開動了。
由里小姐是
很受歡迎的造型師，
她來店裡都點這道。
她自稱是
「通心麵癡」。
由里小姐說
店裡的通心麵
沙拉，
加美乃滋和水煮蛋
是最理想的。
♪
妳真愛
吃啊。
嗯！

啊，等一下。
哎？
你拿那個幹什麼啊！
竟然淋了調味醬。
有什麼關係，我喜歡這樣。
真是難以置信。
喂。
……這樣啊……嗯，沒關係。
掰掰。

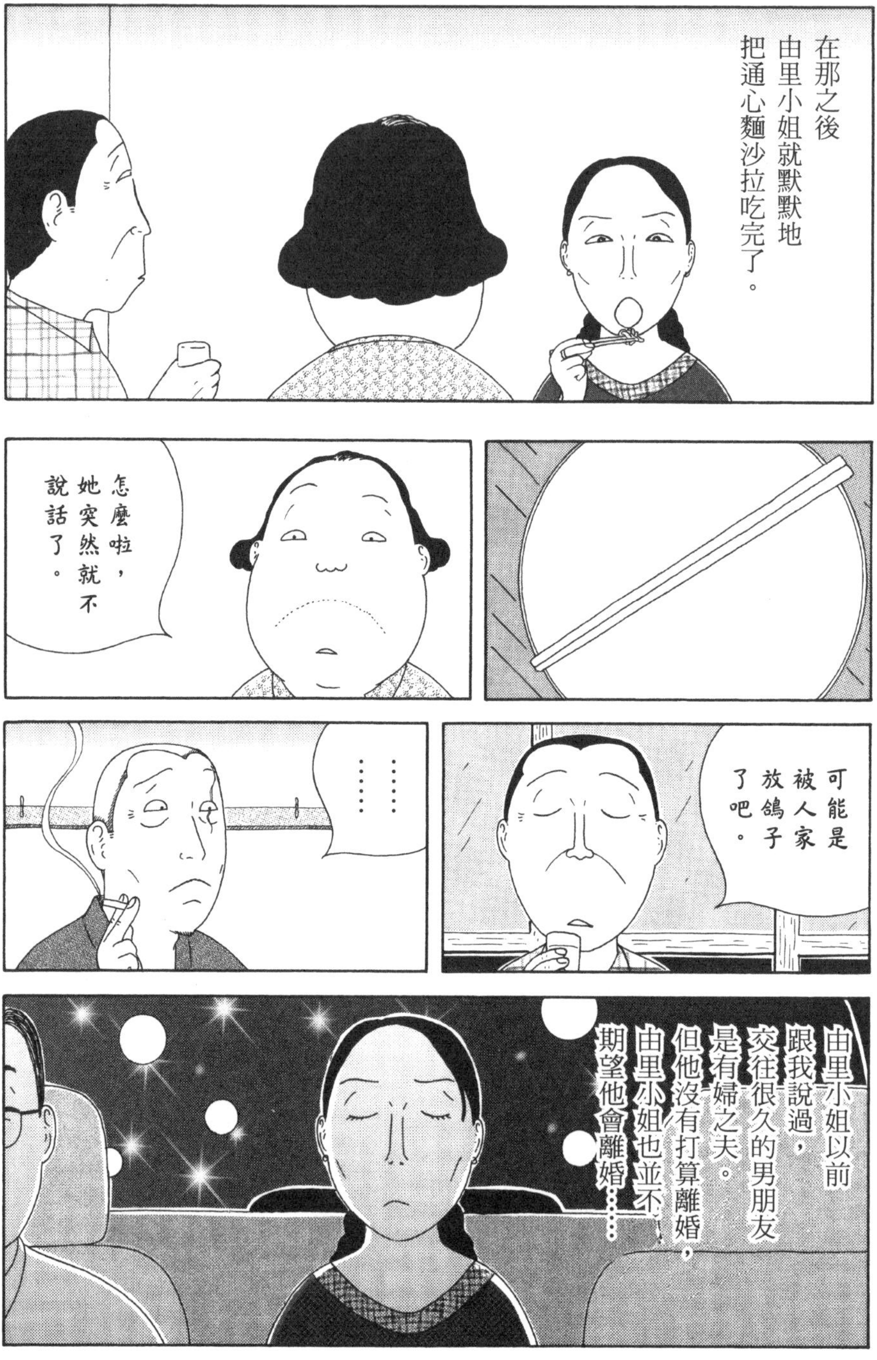
在那之後
由里小姐就默默地
把通心麵沙拉吃完了。
怎麼啦，她突然就不說話了。
……
可能是被人家放鴿子了吧。
由里小姐以前跟我說過，交往很久的男朋友是有婦之夫。
但他沒有打算離婚，
由里小姐也並不期望他會離婚……

一星期後
め
請給我全部的通心麵沙拉。分成兩個盤子裝。
好。
我開動了。
怎樣？
很好吃。通心麵沙拉果然要這種的。
是吧?!

他（大場）是節目製作公司的助理導播，在拍攝的現場跟由里小姐聊通心麵沙拉聊得很愉快。
大場說最近都沒有吃到好吃的通心麵沙拉，我就帶他來了。他也是「通心麵癡」喔。
「通心麵癡」啊……
老闆，這超好吃！
太好了。
嘻嘻。
在那之後兩人迅速把通心麵沙拉一掃而空，喝了三杯燒酒，高興地離開了。他們好像還喝不夠，可能去續攤啦。

由里小姐在那次之後
就突然不見蹤影。
過了快三個月
才又來店裡。
生真面目酒場
きくち
BAR
DOBON
スナック
給我一點
通心麵沙
拉好嗎？
哎?!
我有了。
啥?!
我想生下來……
由里子……

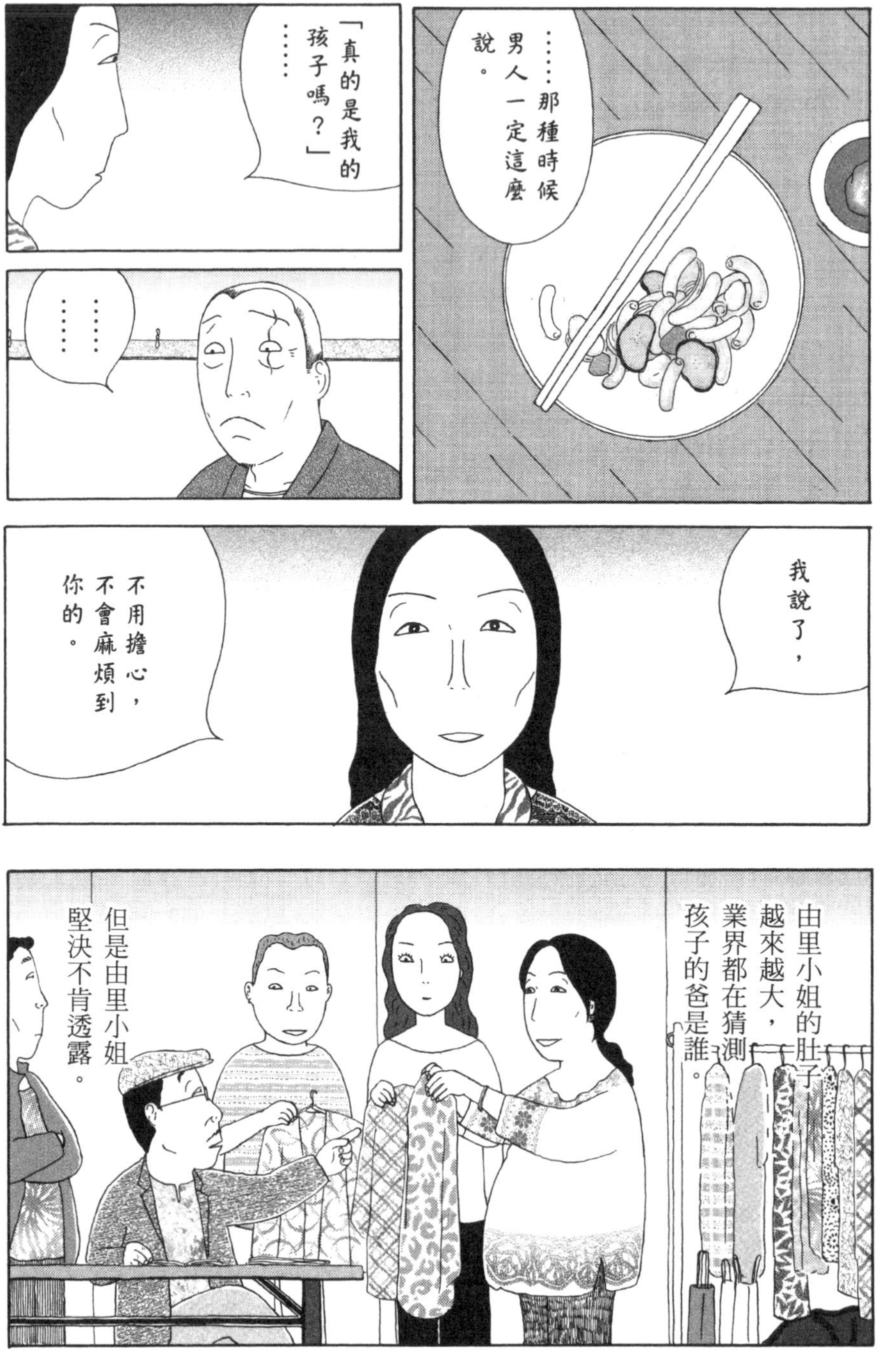
……那種時候男人一定這麼說。
「真的是我的孩子嗎？」……
……　……
我說了，
不用擔心，不會麻煩到你的。
由里小姐的肚子越來越大，業界都在猜測孩子的爸是誰。
但是由里小姐堅決不肯透露。

最近由里小姐吃得比以前更多啦。
來，久等了。
一人吃兩人補啊。
喀啦
由里子小姐……
大場。
由里子小姐，妳懷的是我的孩子吧？

?!
不是的。我在電話裡跟你說過多少次了。
但是……
我幹嘛要跟你說謊呢？絕對不是的，不用擔心。
我對由里子小姐……
大場，要不要吃通心麵沙拉？肚子餓了吧？
啊，好。
請。
不好意思……
這兩人五年以後結婚了，現在看來大場似乎是孩子的爸。由里小姐比他大一輪，結局圓滿真是太好啦！

第122夜◎梅乾與梅酒
星先生出院之後，常常來店裡吃梅乾。
嗯……
最近是怎麼啦？
我老媽醃的梅乾沒啦。

星先生的老家在小田原，他母親每年都醃漬大量的梅乾。
老媽死了四年，梅乾終於全部吃完了。
這樣啊……我們店裡是紀州梅，可以嗎？小田原的梅子品種不一樣吧……
沒關係。反正不是老媽醃的，就都沒差別了。
喀啦
歡迎光臨。
喲，阿星，你的糖尿病好一點沒？

狀況還好啦，但最近都沒怎麼睡。
天熱吧。
不是，住院快一個月，覺得「死」離自己很近。每天都有人死呢。
結果晚上胡思亂想，越來越不安……
唔。
一想到死，我絕對不要……
什麼？
我死了以後，床底下藏的Ａ書和色情錄影帶被家人看到了怎麼辦啊？
那種東西早點丟掉就好了。又不是國中生。

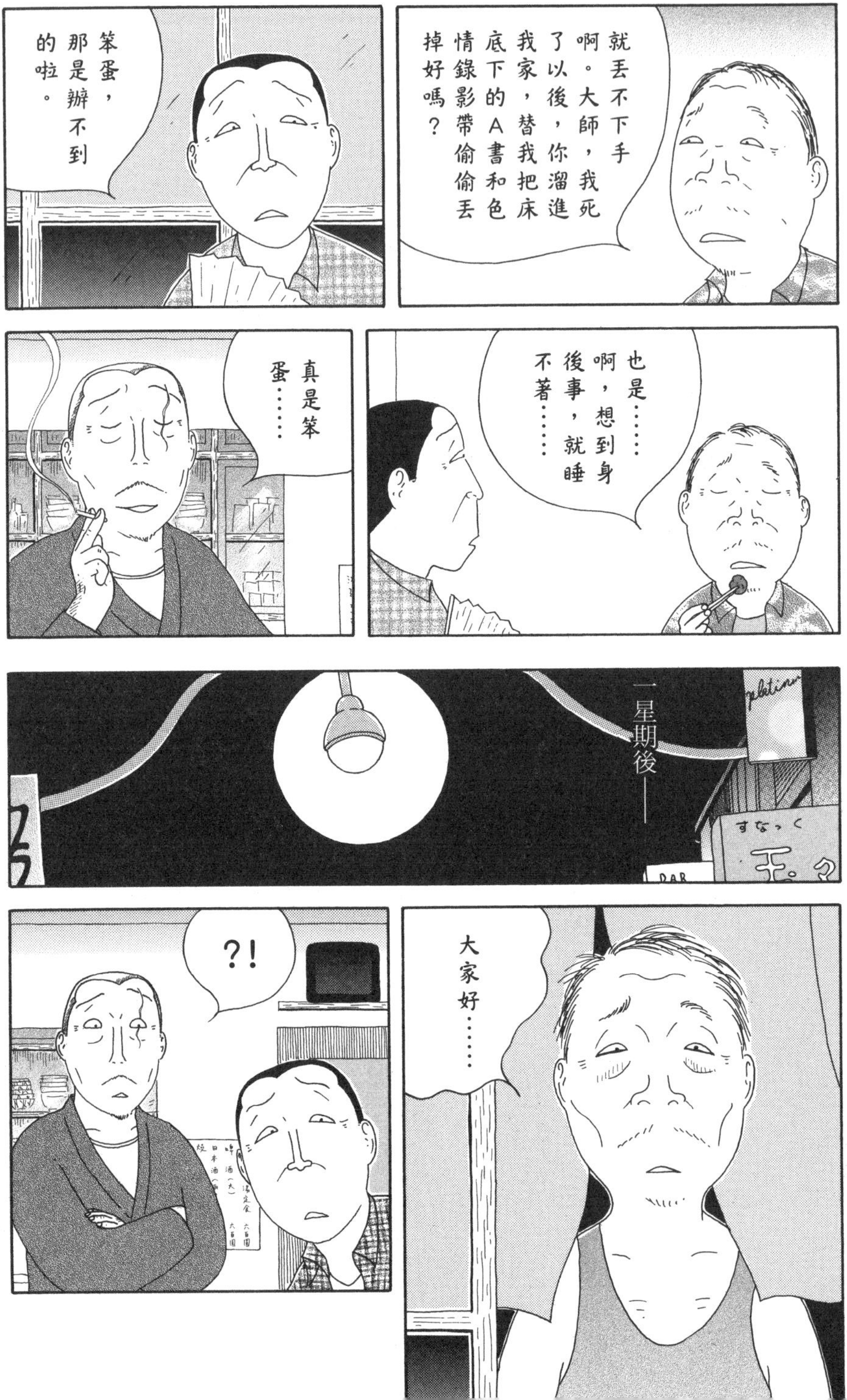
就丟不下手啊。大師，我死了以後，你溜進我家，替我把床底下的Ａ書和色情錄影帶偷偷丟掉好嗎？
笨蛋，那是辦不到的啦。
也是……啊，想到身後事，就睡不著……
真是笨蛋……
一星期後——
すなっく
大家好……
?!

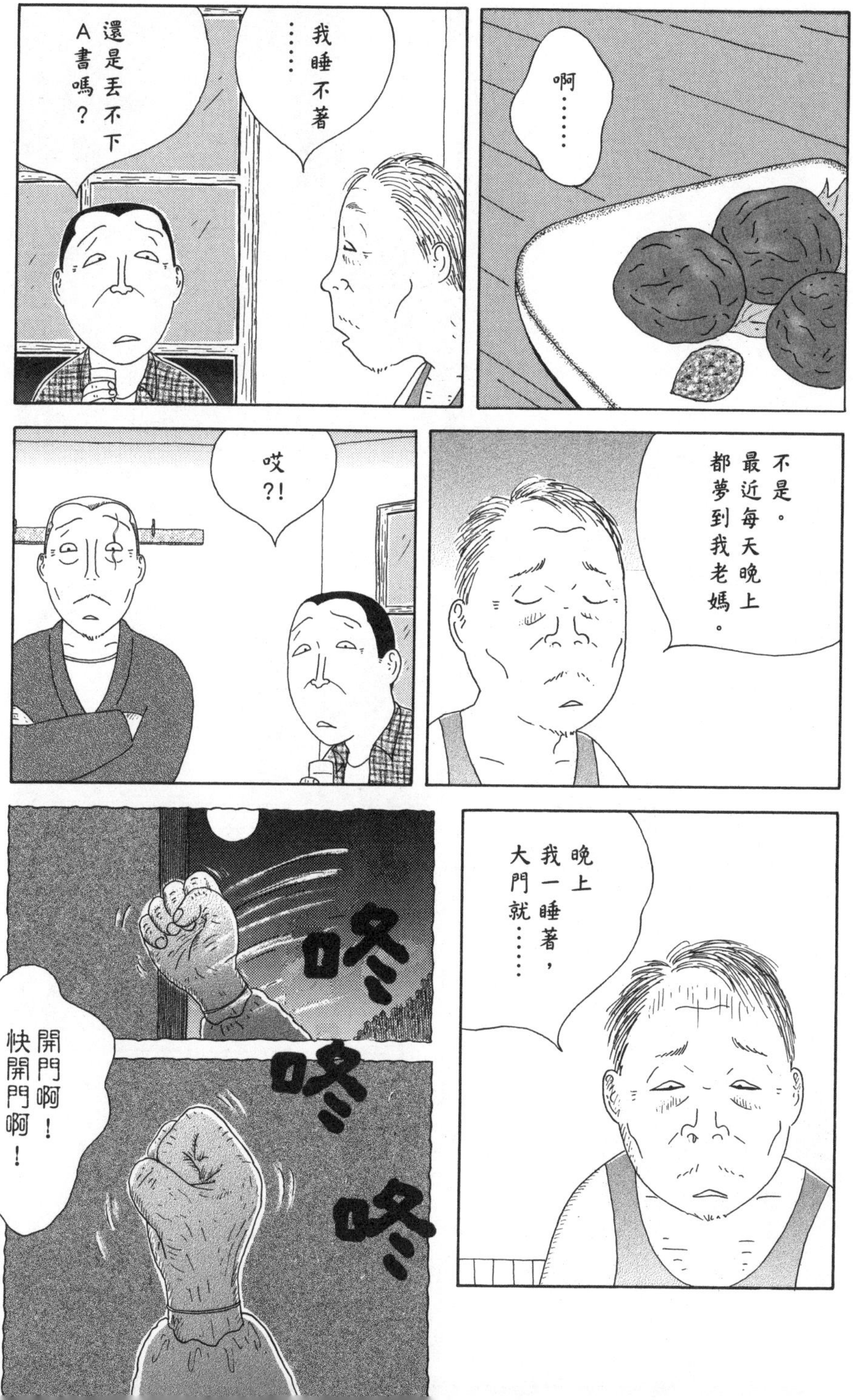
啊……
我睡不著……
還是丟不下A書嗎？
不是。最近每天晚上都夢到我老媽。
哎?!
晚上我一睡著，大門就……
咚
咚
咚
開門啊！快開門啊！

洋一
快開門啊！
喀砰
我要開門，我老婆跟女兒就拽著我大叫：「不能開門！」
哎……?!
我老媽就越敲越用力地說：「快開門，我忘了東西~」……
忘了東西？
該不會在哪偷偷藏了私房錢吧？
我想不是。老媽在死前把所有財產都裝在一個袋子裡偷偷塞給我了。

老闆，梅酒釀好了吧？
喀啦
對呀，差點忘了。
哎，有梅酒呀？
嗯，每年大概釀個一升。要喝嗎？釀了一年。
啊！
唉喲！不要嚇人啊！怎麼啦？
梅酒啊。老媽偶爾會釀。一定藏在哪裡了……
？
第二天星先生就回小田原老家，找到了藏在廚房角落裡的梅酒，並帶來店裡。

老媽是放心不下這個吧。
她很喜歡梅酒的。要不要來一杯？
不要了。要是夢到令堂可就不妙啦。
沒問題的，我已經在佛壇供奉過了。今天是她忌日，就當是供養，喝一杯吧。
我要喝。
我也要。
我也要。
於是大家就著這個理由喝了梅酒。但是，那天晚上——

咚咚咚
開門啊，洋一～～～
原來不是梅酒啊……
於是以休假中的刑警若宮先生為首，組成了搜查隊，到星先生的小田原老家去徹底翻找了一遍。
所以，找到了嗎？
凡事交給專業就對了，真不愧是若宮啊。
櫃子抽屜底下貼了一個紙包。

是什麼東西？
春宮圖。我老媽嫁過來時的嫁妝之一吧。
到廟裡跟師傅說明事情原委，把圖燒了，星先生就不再做夢了。
但是令堂怎麼現在才想起春宮圖的事？
兒子在煩惱A書，做母親的也就想起來了吧。
捨不得丟是遺傳啊……

第123夜◎毛豆

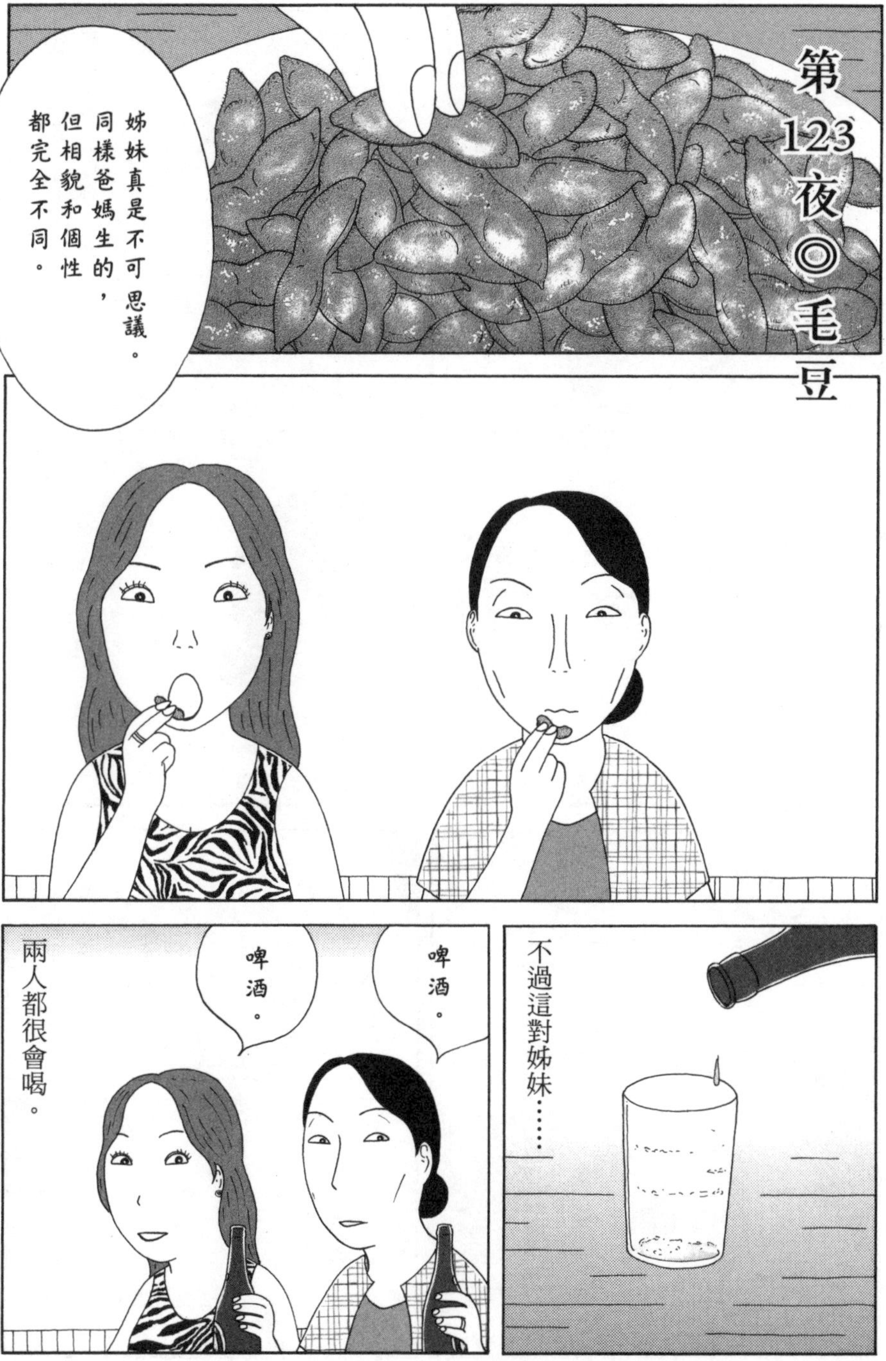
姊妹真是不可思議。
同樣爸媽生的，
但相貌和個性
都完全不同。
不過這對姊妹……
啤酒。
啤酒。
兩人都很會喝。

我已經去登記了。
姊 京香（36歲）
跟他嗎？
妹 明日香（33歲）
對。結婚的話，房屋貸款比較有利。
這樣啊？婚禮呢？
不辦了，浪費錢。大概辦個餐會吧。
哼，還真是姊姊的作風。
妳呢？那個當音樂家的男朋友？

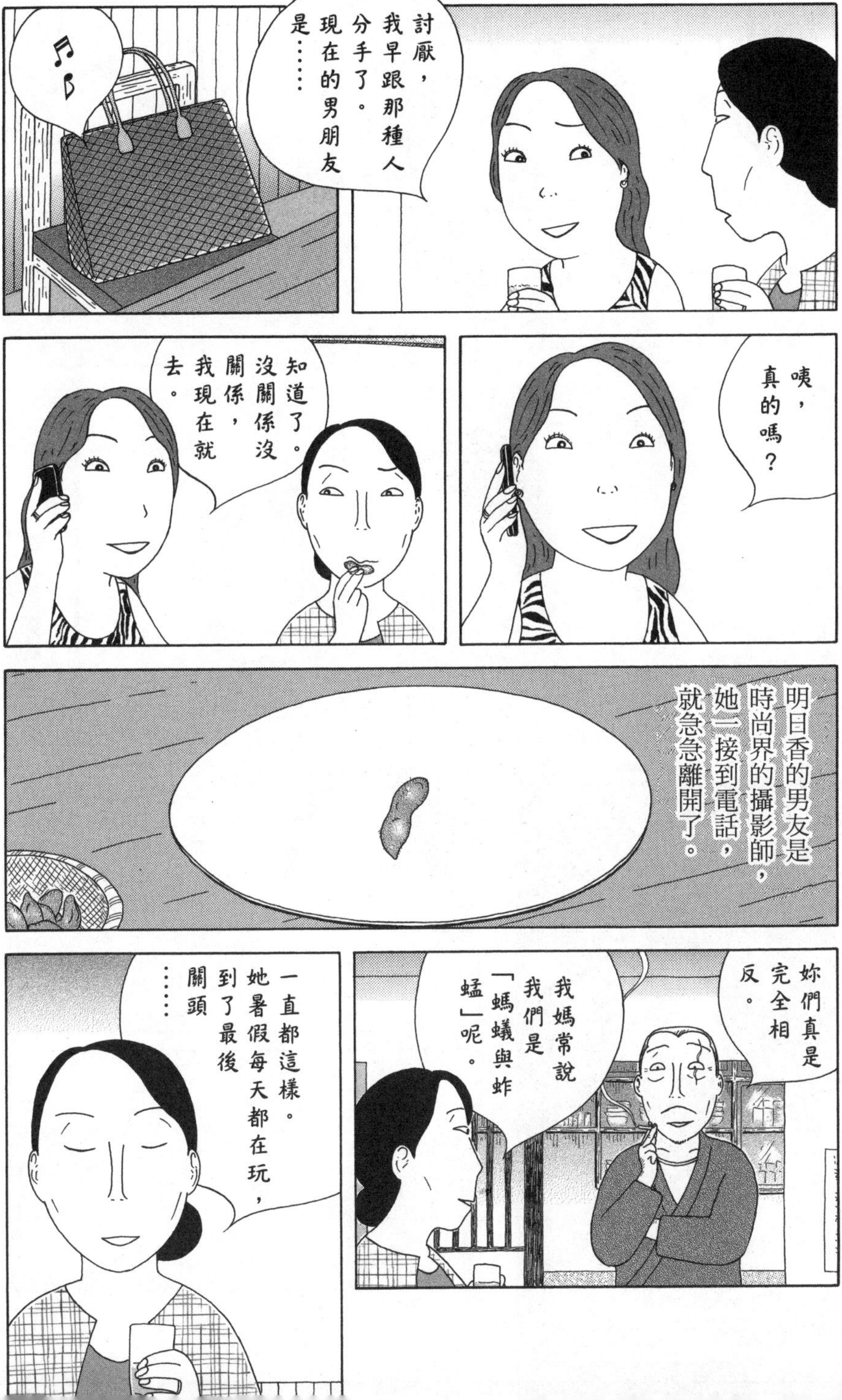
討厭，我早跟那種人分手了。現在的男朋友是……
♪
咦，真的嗎？
知道了。沒關係沒關係，我現在就去。
明日香的男友是時尚界的攝影師，她一接到電話，就急急離開了。
妳們真是完全相反。
我媽常說我們是「螞蟻與蚱蜢」呢。
一直都這樣。她暑假每天都在玩，到了最後關頭……

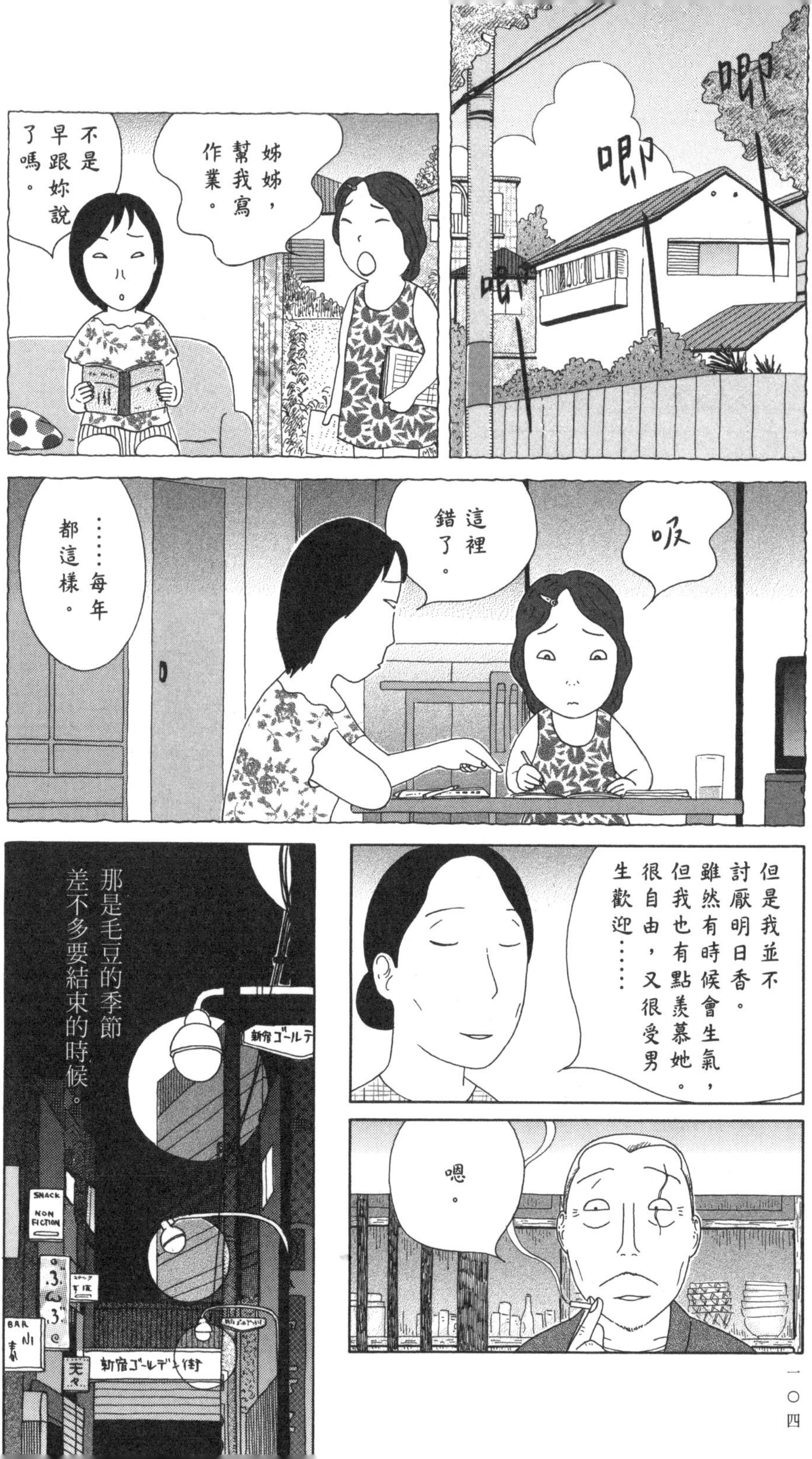

唧
唧
唧
姊姊，幫我寫作業。
不是早跟妳說了嗎。
吸
這裡錯了。
……每年都這樣。
但是我並不討厭明日香。雖然有時候會生氣，但我也有點羨慕她。很自由，又很受男生歡迎……
嗯。
那是毛豆的季節差不多要結束的時候。
新宿ゴールデ
SNACK NON FICTION
新宿ゴールデン街

來，久等了。
姊姊呢？
她去沖繩了。她離婚還辭職了。
哎？
京香小姐在盂蘭盆節時去參加高中同學會，遇到以前暗戀的男生，兩人十七年沒見了。
原來那個男生也一直沒忘記姊姊，他心想可能會碰到姊姊，所以從沖繩來參加同學會。

所以她是跟那位男士？
京香小姐也會做這種不顧一切的事啊?!
嗯，那個人在沖繩當畫家。
姊姊認真又踏實，但有時候會做出令人驚訝的事。
我國中的時候，染了頭髮被停學，姊姊……
有一天回家突然變成金髮了……她可能是要護著我吧。
京香……
姊姊……
嗯——真是好姊姊啊。
是啊，所以我希望她幸福。

2. 法文：再見。

你猜那個人是誰？
喂。
咦？
石橋先生，姊姊的前夫。
喔喔。
我本來以為他是個冷漠的心機鬼……但他好像忘不了姊姊呢。
…………
呼……

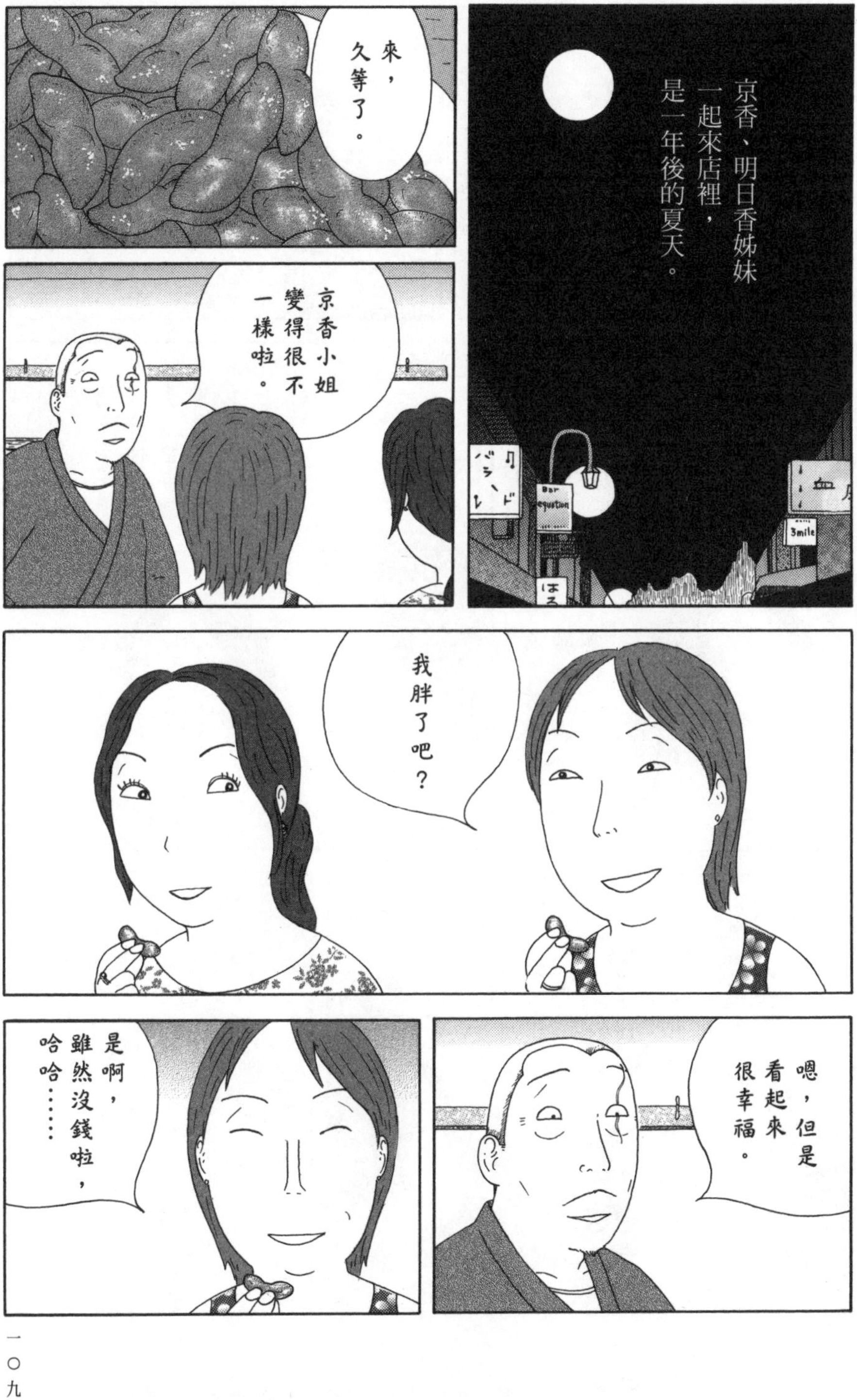
京香、明日香姊妹一起來店裡，是一年後的夏天。
來，久等了。
京香小姐變得很不一樣啦。
我胖了吧？
嗯，但是看起來很幸福。
是啊，雖然沒錢啦，哈哈……
3mile

……姊姊，我有一件事非得跟妳說不可。……我現在交往的人……
是誰？
石橋先生。……那個人認真又很可靠，跟我之前的男朋友完全不同……
……妳也變了呢。
我才不想被姊姊這麼說。
我要說。因為我已經變成別人了啊。哈哈哈。
哈哈哈
哈哈哈
看來「螞蟻與蚱蜢」角色逆轉啦。

第124夜◎薑湯
每天都很熱，新聞常常報中暑的案例，但熱感冒而身體不適的人應該也很多吧。
喀啦
咳咳
這是笹原醫生，以前是竹之子族，現在是個庸醫。大家都只在背後這麼說啦。
歡迎光臨。

唉呀，醫生，又生病了？
咳
咳
真是，不知道你是醫生還是病人呢。
不要取笑病人。咳咳……
老闆，能替我煮粥嗎？
我知道了。剛好有韮菜，做韮菜雞蛋粥吧。
來，久等了。
呼—
呼—
好燙。

笹原醫生也該娶個老婆啦。
對啊，這種時候不覺得孤單嗎？
要你們雞婆。……老闆，我吃飽了。
啊，不吃藥沒關係嗎？
我討厭吃藥。藥是病人吃的，不是醫生吃的。
真是越來越不想理你啦。
來。
？
這是薑湯。感冒的時候，喝完馬上睡覺最好了。

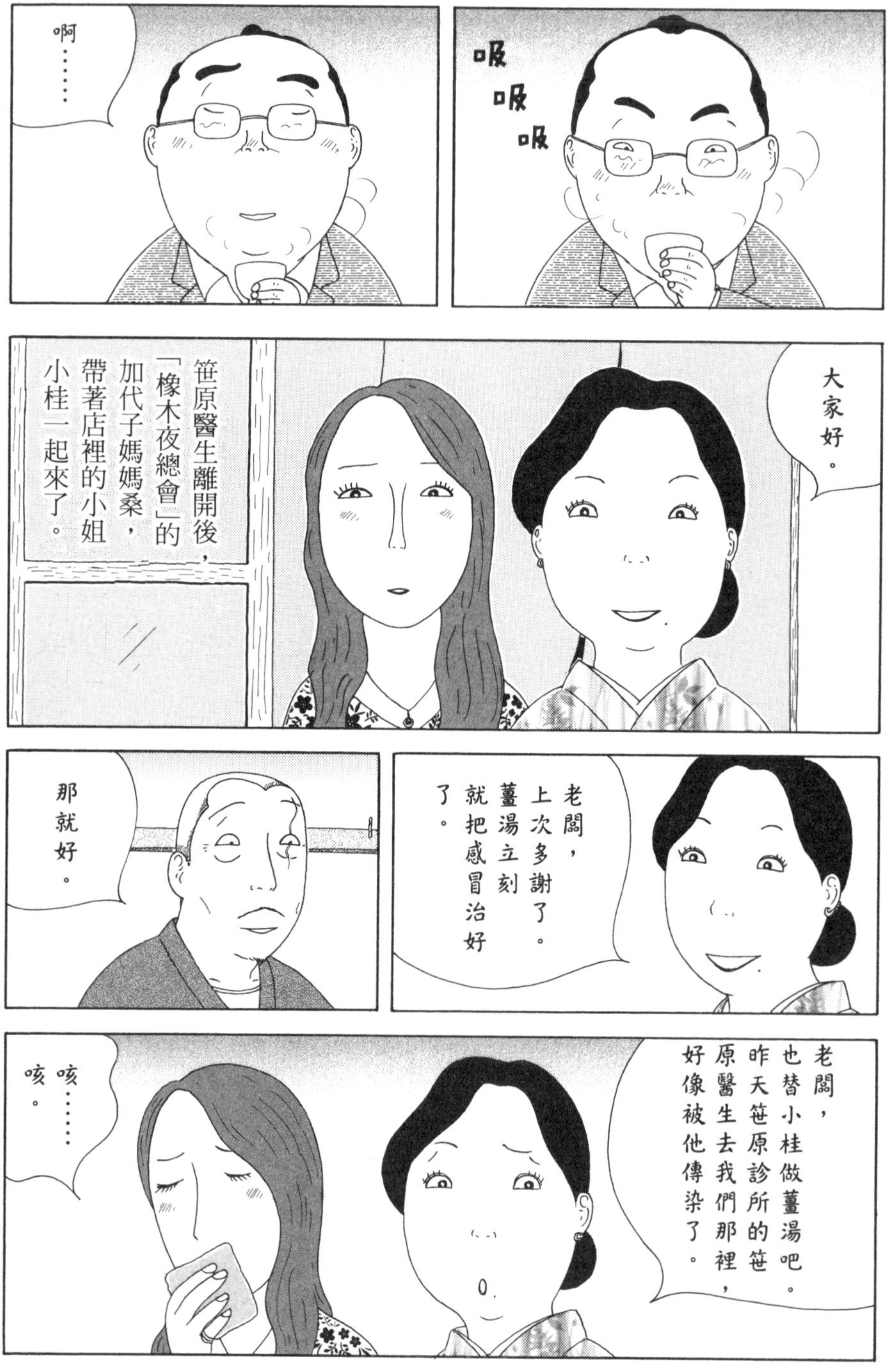
吸
吸
吸
啊……
大家好。
笹原醫生離開後，「橡木夜總會」的加代子媽媽桑，帶著店裡的小姐小桂一起來了。
老闆，上次多謝了。薑湯立刻就把感冒治好了。
那就好。
老闆，也替小桂做薑湯吧。昨天笹原診所的笹原醫生去我們那裡，好像被他傳染了。
咳……咳。

這什麼醫生啊！
笹原醫生剛剛才走呢。
哎?!
三天後——
老闆，謝謝。
啊，妳好了。
嗯，託福了。但是我雖然好了，卻傳染給男朋友了。老闆，可以教我薑湯的做法嗎？
好啊。

薑連皮磨成末，
擠出薑汁後加入蜂蜜和熱水。
攪拌均勻，最後加入檸檬汁。
我知道了，我來做做看。
喀啦
老闆，薑湯……
怎麼啦？
看來我好像也被傳染了。可惡的笹原……

雖然不知道
是不是笹原醫生的錯——
笹原診所
最近
笹原診所裡
滿是熱感冒的病人。
笹原醫生自己
已經完全好了，
每天都去歌舞伎町
的酒家混。
哇，
好厲害。
亞麗莎，我給
妳個好東西，
把眼睛閉起來，
手伸出來。
這樣？
對對。

啾！
?!
幾天後——
小桂怎樣了？
她的男朋友好像劈腿，她非常難過……
哎，跟誰啊？
好像是別家的酒家女，那種男人，快點跟他分手就好了。

喀啦
小壽壽桑，怎麼啦?!
那天後來就發燒了，一直躺在床上。……笹原這混蛋……
笹原醫生的感冒傳染力可真強啊！
把感冒傳染給別人，自己每天晚上去泡酒家。
喀啦
?!

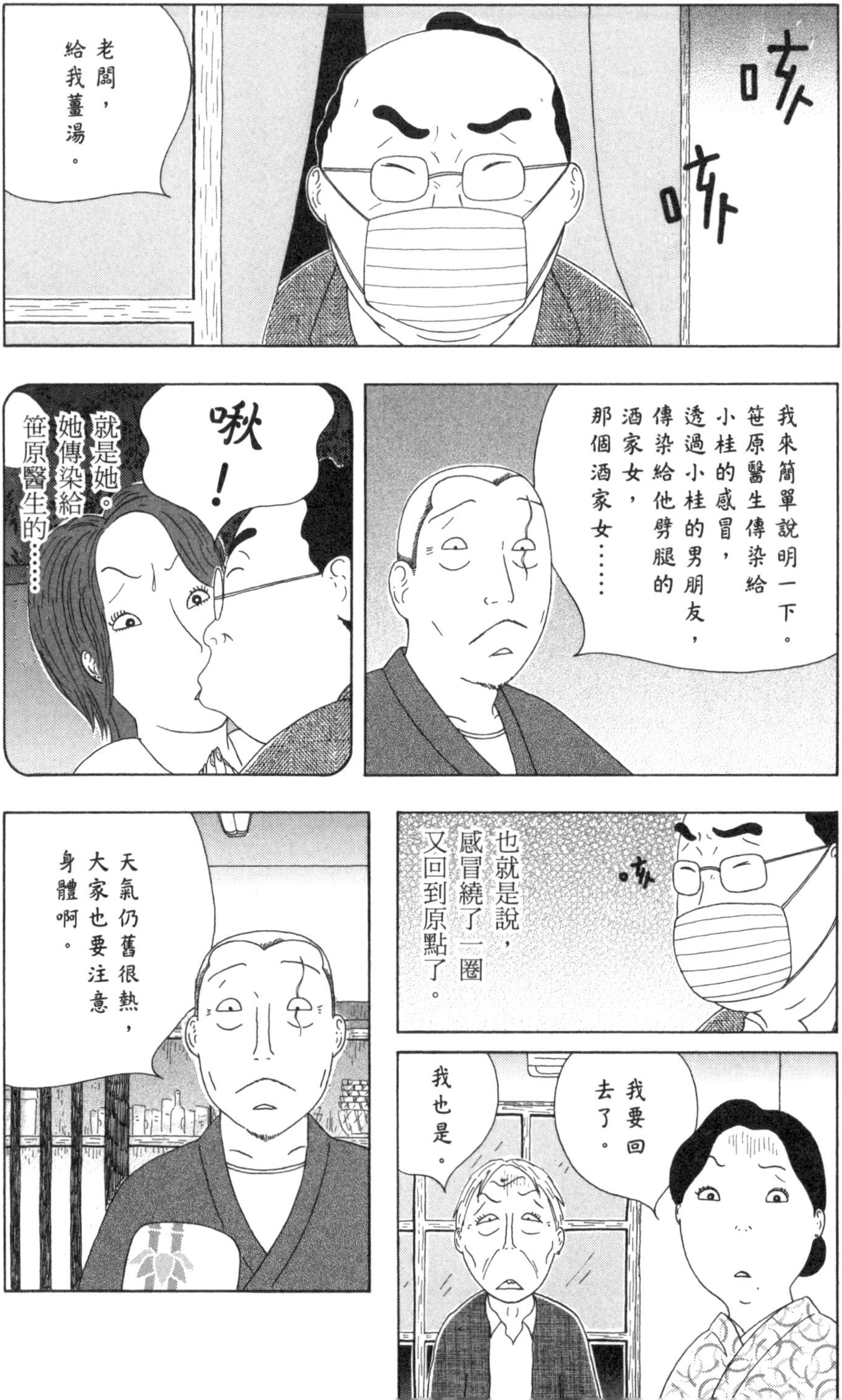
咳
咳
老闆，給我薑湯。
我來簡單說明一下。笹原醫生傳染給小桂的感冒，透過小桂的男朋友，傳染給他劈腿的酒家女，那個酒家女……
啾！
就是她。她傳染給笹原醫生的……
咳
也就是說，感冒繞了一圈又回到原點了。
天氣仍舊很熱，大家也要注意身體啊。
我要回去了。
我也是。

第125夜◎木耳炒蛋
久等了，木耳炒蛋。
老闆，白天跟我一起去玩好嗎？
真是～什麼嘛！
麗莎女士是兩個月一次到東京來「狩獵男人」…呃，對不起，是來透氣的北海道女社長。
有被妳吃掉的危險，還是算啦。

嗯，我好喜歡鬆軟的炒蛋跟有彈性的木耳，好像在吃男人。
她是吃了多少男人啊？
……
……
嘻嘻。
喀啦
喲，歡迎光臨。
大家好。
這女孩叫千尋，她說來店裡可以放鬆。

這一星期妳辛苦啦。
老闆，謝謝。
千尋每週五晚上才來店裡。
辦公室情況怎樣？
……嗯，沒有改變。
這樣啊。……我替妳做點什麼吧？
嗯，那就……木耳炒蛋吧。
唉呀，妳也喜歡木耳炒蛋？
咦？嗯。
那妳一定很色吧？
啥？

那是什麼意思啊？
因為妳喜歡木耳不是嗎？
喜歡木耳的女人很色，這我可第一次聽說。
木耳的口感很像咬男人的耳垂，對吧？
我沒咬過男人的耳垂……
完全不明白。
我懂。……原來我很色？
哎?!
就說吧～要不要跟我一起去玩？一個人好無聊喔。
咦?!

我是不知道發生了什麼事，不要垂頭喪氣，來，走吧！
老闆，這孩子的木耳炒蛋取消。我們要去吃更好吃的東西！
啊，好……
在女社長的魄力下，千尋被麗莎女士拉著消失在夜晚的歌舞伎町裡。
她們要去吃什麼啊……
……
……
我是不知道那天晚上她們去吃了什麼，做了什麼。但麗莎女士跟千尋星期天晚上又來了。
めし

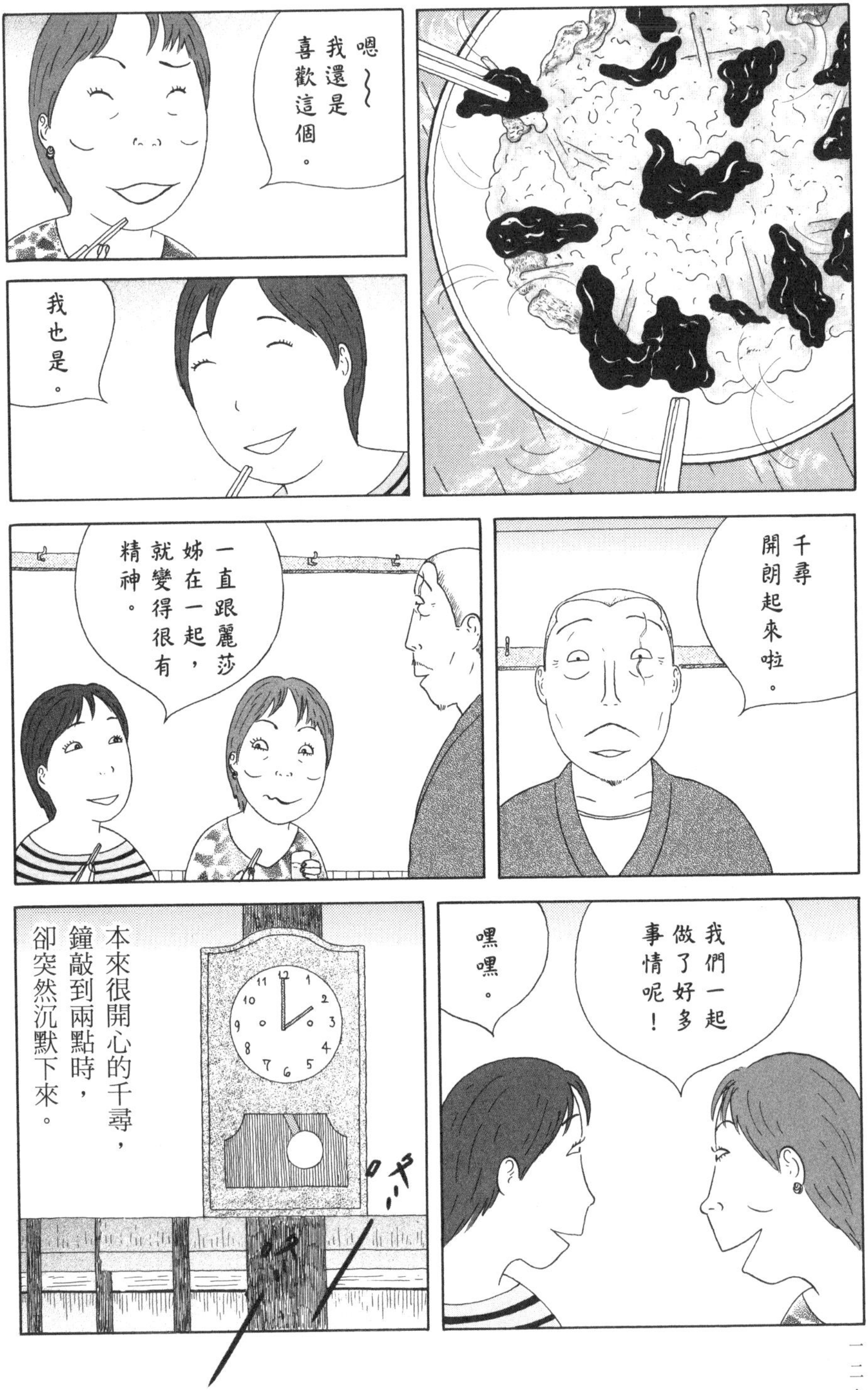
嗯～我還是喜歡這個。
我也是。
千尋開朗起來啦。
一直跟麗莎姊在一起，就變得很有精神。
我們一起做了好多事情呢！
嘿嘿。
本來很開心的千尋，鐘敲到兩點時，卻突然沉默下來。

怎麼啦？
公司的事。想到明天開始又要……
公司發生了什麼事嗎？
千尋在公司好像被老鳥同事欺負得很厲害。
怎麼回事啊？千尋妳說說看。
在麗莎女士的敦促下……
千尋淚眼汪汪地說出原委，她調到現在的部門之後，就成了老鳥同事的眼中釘，一直被欺負。

麗莎姊～
千尋，那位同事叫什麼名字？
小松原，小松原由佳里。
小松原由佳里……
第二天，麗莎女士回北海道之前，好像到千尋的公司晃了一下。
當天晚上……
我嚇了一大跳……
麗莎姊突然和我們的執行長一起到辦公室來了。
哎～

小松原女士，我跟春北飯店的栗原社長聊天，她說她認識妳呢。
小松原女士，好久不見。
麗莎……
麗莎女士在小松原女士耳邊不知說了一句什麼，小松原女士抖了一下。
她說了什麼？
不知道……麗莎姊是跟我說她交代了「千尋就拜託妳啦」……

看小松原女士的反應，以前應該吃過大虧吧。
怎麼說？
小松原女士在高中的時候霸凌學妹，被麗莎姊狠狠地教訓過一次。
哎⋯⋯
在那之後，小松原女士就不欺侮人了。
對了，千尋還問了⋯⋯「妳認識我們執行長啊？」麗莎女士笑著說⋯⋯
嘻嘻，我以前吃過那個人啦。

第126夜◎炒烏龍麵
清少爺一面大口吃著大盤炒烏龍麵，一面說：
請再給我一份炒烏龍麵。
你真喜歡這個啊。

結果清少爺吃了三大盤炒烏龍麵才離開。
他是誰啊？
清少爺。「蕎麥清」的兒子。
哎，那個小鬼？長這麼大了。「蕎麥清」的少爺怎麼來這裡吃烏龍麵？
他喜歡烏龍麵，更勝於蕎麥麵吧。
唔，清先生要是還在，一定會嘆氣吧。他可是一輩子專注於蕎麥麵的人啊！
是啊。
「我們是蕎麥麵店！哪裡有烏龍麵！」他常這麼說。

「蕎麥清」的清先生是十四、五年前去世的。
在那之後店裡都由清先生的母親和聖子太太打理。
大家都說蕎麥麵依然好吃，跟清先生在世時一模一樣，聖子太太是非常認真的。
清少爺唸完國中有一陣子無所事事，我很擔心，最近他祖母病倒了，他開始在店裡幫忙了。
這樣啊，那不是很好嗎？
是啊，聖子太太也鬆了一口氣吧。
送到二丁目的江村設計公司喔。
嗯。

「蕎麥清」送麵來了。
總是麻煩你們。
下次要不要去看電影啊？
謝謝惠顧。
謝謝。
怎麼啦，真稀奇。

我偶爾也想鬆口氣啊。
這位就是清少爺的母親聖子。
清少爺最近做得不錯嘛。
最近發生了一些事啦。
他偶爾也來這裡喔。
哎，真的？
他說是去歌舞伎町的桌球場打完球後才來的。
這樣啊……他半夜一聲不吭地出門，我還有點擔心。那孩子什麼也不說。

清先生年輕的時候也打桌球吧。
他還參加過高中聯賽，得意得很呢。
清少爺最近越來越像他啦。
只有臉像啦……
那個人是個好男人，比他能幹多了。又溫柔，又堅強。
看見聖子太太陶醉的面孔，我想著……
清先生真是幸福啊。死了之後仍舊有人這麼想念他。
過了幾天，清少爺第一次帶女人到店裡來……
あたし
BAR

清太，你喜歡吃烏龍麵啊？
嗯。
跟蕎麥麵比起來，清太比較喜歡烏龍麵。
這樣啊？
兩者比較起來的話啦……
但是「蕎麥清」店裡沒有烏龍麵吧？
我媽說絕對不賣……

我可以吃一點嗎？
嗯，好啊。
我開動了。
其實我也比較喜歡烏龍麵。
……
……
好吃！
哈哈。
沙織小姐比他大十幾歲，看來他們好像從那時候就開始交往了。
四個月後──
そば清
準備中
你想結婚?!

你在說什麼，你才十九歲啊！
……
您是沙織小姐？您……
也有點年紀了，少來欺騙這種半大不小的孩子。
我才沒有被騙！
沙織肚子裡懷了我的孩子。
哎?!

不管媽媽說什麼，我都要跟沙織結婚。不管發生什麼事，我都會守護沙織跟孩子的。
清太……
……
跟二十年前一樣……
めしや
那個人在我婆婆面前說的話，跟我兒子對我說的一模一樣。
清少爺越來越像清先生了。
還差得遠呢。那個人是個好男人，比他強多啦。

第127夜◎舞菇天婦羅

真由美一面吃著舞菇天婦羅，一面說，
每天吃舞菇好像會瘦耶。
但是三更半夜吃天婦羅不好吧？
一增一減就抵銷啦，哼！
什麼怪理由。

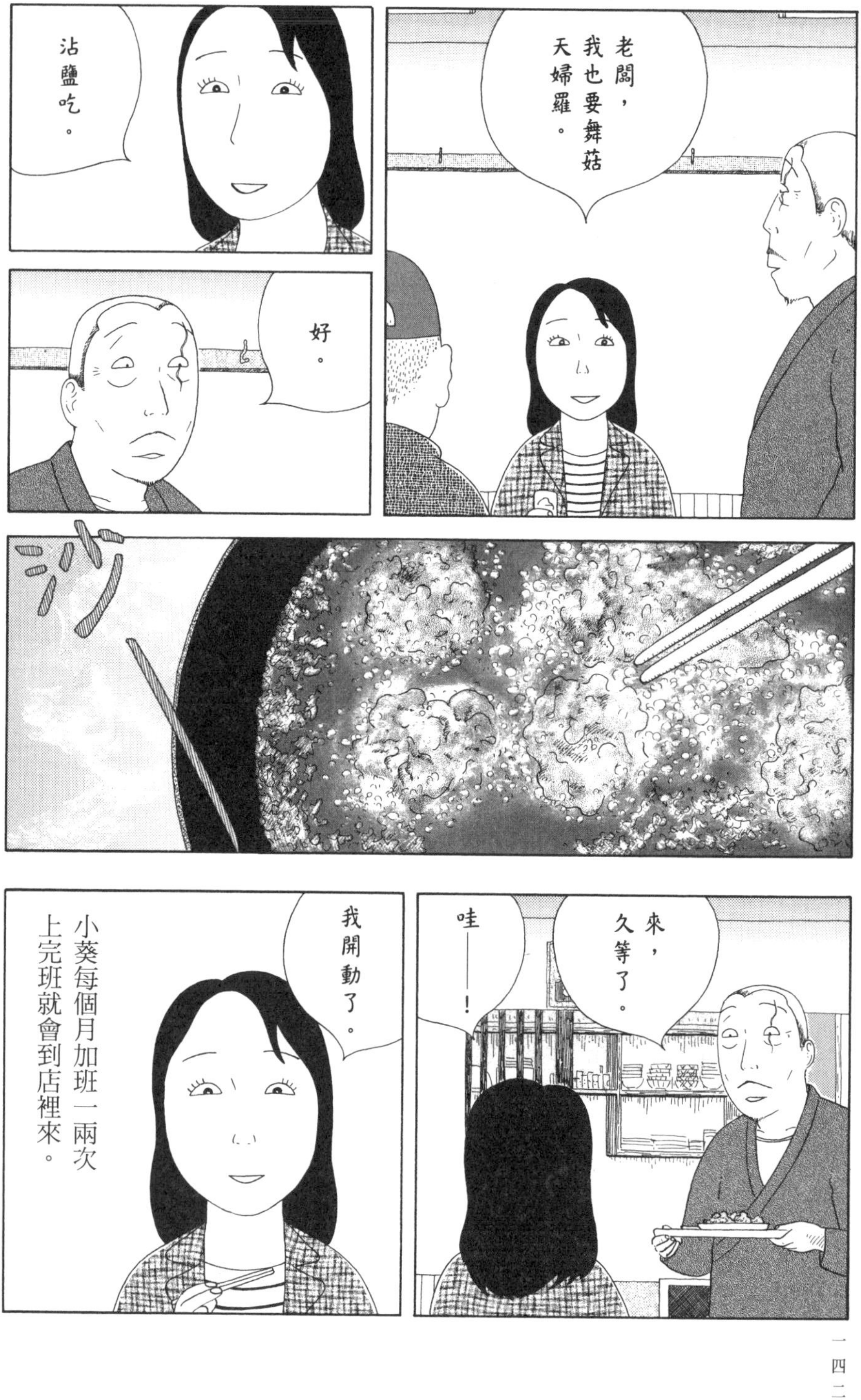
老闆，我也要舞菇天婦羅。
沾鹽吃。
好。
來，久等了。
哇——！
我開動了。
小葵每個月加班一兩次上完班就會到店裡來。

喀
喳
嗯～
啊，什麼時候換電視啦？
「巴黎的日本人」系列今天介紹芭蕾伶娜日下綠小姐。
日下小姐——
沒辦法，電視收訊數位化了啊。
……
……

哇～好羨慕喔。我以前也跳過芭蕾耶。
咦？
真的？
什麼啊，
小學旁邊有芭蕾教室，大家都去學。女孩子大家都想跳芭蕾的。
我也學過。
看吧！
那為什麼不跳了？不過，我是覺得不用問也懂啦。
那就不要問啊。老闆，再給我一份舞菇天婦羅！
哎，還要吃？

喀嚓
喀嚓
「シェヘラザード」
2011年3月
「…ロフ」日下みどり
オペラ座
「…つ湖」アンド
♪
4
1
2
3
日下線
筆記本
2008~2010

舞菇天婦羅。
最近都吃這個啊。
每天都吃舞菇，我有沒有瘦一點？
呃……
對了，上次電視上介紹的芭蕾伶娜日下小姐下個月要回國，我要跟她對談耶！
哎，好棒，真的？
還沒確定日期，但簡直像作夢。我好期待喔。
嗯。

一個月後，日下小姐竟然到店裡來了。
老闆，這是綠小姐。她看了我的文章，真是太感動了！
我是粉絲呢。不過寫得太好吃了，真是太害人了啦。
這果然很害人。來，舞菇天婦羅。
哇～今天不吃沒關係，我只是讀了真由美小姐的文字後，一直想到店裡來。
我們這裡沒那麼了不起的。
歡迎光臨。
喀啦

!
喀嗤
……妳難道是……
小葵?!
嗯。
她們倆從小就認識，小時候一起上芭蕾教室。
咚咚咚
妳還記得，我好高興。
當然記得啊。

對不起，我什麼也沒說就搬家了……因為我爸公司倒閉，不知道該怎麼辦。
我知道，我媽說了。……我一直很關心，不知道小葵怎樣了。
我馬上停了芭蕾課……本來跟妳約好要一起去參加芭蕾比賽的。
…………
……對了！
看這個。
小葵從記事本裡拿出一張照片。

這是我的幸運符。
我覺得撐不下去的時候，就看這張照片。我的好朋友在世界舞台大展身手……
……
……
我都知道小綠的消息喔！我有做剪貼簿。我是妳的粉絲呢。
小葵～～！
不知道發生了什麼事，綠小姐好像累積了許多壓力。那天大哭了一場之後，在小葵家過夜了。
現在綠小姐在百老匯演出，小葵最近好像又開始學芭蕾啦。

深夜食堂 YY0309

深夜食堂 9

作者
安倍夜郎（Abe Yaro）

一九六三年二月二日生。曾任廣告導演，二〇〇三年以《山本掏耳店》獲得「小學館新人漫畫大賞」，之後正式在漫畫界出道，成為專職漫畫家。
《深夜食堂》在二〇〇六年開始連載，由於作品氣氛濃郁、風格特殊，二度改編成日劇播映，由小林薰擔任男主角，隔年獲得「第55回小學館漫畫賞」及「第39回漫畫家協會賞大賞」。

譯者
丁世佳

以文字轉換糊口二十餘年，英日文譯作散見各大書店。
對日本料理大大有愛；一面翻譯《深夜食堂》一面照做老闆的各種拿手菜。
長草部落格：tanzanite.pixnet.net/blog

書籍裝幀　黑木香＋Bay Bridge Studio
版面構成　陳文德
內頁排版　黃雅藍
手寫字體　鹿夏男、吳偉民
責任編輯　陳柏昌
副總編輯　梁心愉
行銷企劃　詹修蘋、張蘊瑄

初版一刷　二〇一二年十月一日
初版十二刷　二〇一九年十一月七日
定價　新臺幣二〇〇元

ThinKingDom 新經典文化
發行人　葉美瑤
出版　新經典圖文傳播有限公司
地址　臺北市中正區重慶南路一段五七號一一樓之四
電話　02-2331-1830　傳真　02-2331-1831
讀者服務信箱　thinkingdomtw@gmail.com
部落格　http://blog.roodo.com/thinkingdom

總經銷　高寶書版集團
地址　臺北市內湖區洲子街八八號三樓
電話　02-2799-2788　傳真　02-2799-0909
海外總經銷　時報文化出版企業股份有限公司
地址　桃園市龜山區萬壽路二段三五一號
電話　02-2306-6842　傳真　02-2304-9301

深夜食堂 / 安倍夜郎作 ; 丁世佳譯 . -- 初版 .
-- 臺北市 : 新經典圖文傳播 , 2012.10-
冊 ;　公分

ISBN 978-986-88267-9-3（第 9 冊 : 平裝）

861.57　　100017381